KB096540

한국을 대표하는 단편소설

2월, 읽기 좋은
한국단편소설

현대 문학 소설 필독서

2월, 읽기 좋은 한국단편소설

발 행 | 2019년 06월 14일
저 자 | 이상 이효석 채만식 김유정 나혜석 윤기정 나도향
펴낸이 | 한건희
펴낸곳 | 주식회사 부크크
출판사등록 | 2014.07.15.(제2014-16호)
주 소 | 서울 금천구 가산디지털1로 119 SK트윈테크타워 A동 305-7호
전 화 | 1670-8316
이메일 | info@bookk.co.kr

ISBN | 979-11-272-7550-1

www.bookk.co.kr

ⓒ 이상 이효석 채만식 김유정 나혜석 윤기정 나도향 2019
본 책은 저작자의 지적 재산으로서 무단 전재와 복제를 금합니다.

한국을 대표하는 단편소설

2월,
읽기 좋은
한국단편소설

현대 문학소설 필독서

글
이 상
이효석
채만식
김유정
나혜석
나혜석
윤기정
나도향

목차

머리말

신문학과 현대문학이란 무엇인가?

우리 문학사에서 신문학과 현대문학과의 관계는 아직도 문학사적인 시대 구분이나, 술어(術語)로서 뚜렷한 개념으로 구별해 쓰고 있지 않는 실정이다.

신문학이란 말은 형식상으로 유럽의 새로운 문학사조가 수입되기 이전의 전통문학인 구문학(舊文學)에 대하여 새로운 문학, 즉 신문학의 뜻으로 막연히 사용되어 갑오경장(甲午更張) 이후의 문학에 전반적으로 통용해 쓰고 있다.

그러나 신문학이란 말은 내용상으로 볼 때 신소설(新小說)까지 포함시키는 이도 있으나, 엄격히 말해 신소설이 지닌 형식적 미완성과 사상적 봉건성을 타파하고 근대적 요소 위에 한층 서구적인 성격에 적합하게 꾸며진 문학을 가리킨다.

즉 언문일치, 문학에 대한 유희적 태도의 배격, 권선징악과 비현실적 관념사고의 배제, 근대사상의 반영 등이 그 구체적 개념이 된다. (출처 및 인용 : 글로벌세계대백과사전)

〈일러두기〉

수록된 작가의 원작 그대로 토속어(사투리, 비속어)를 담았으며 오탈자와 띄어쓰기만을 반영하였습니다. (작품 원문의 문장이 손실 또는 탈락 된 것은 'X', 'O'로 표기하였습니다.)

제01편. 공포의 기록

1. 서문

생활, 내가 이미 오래 전부터 생활을 갖지 못한 것을 나는 잘 안다. 단편적으로 나를 찾아오는 '생활 비슷한 것'도 오직 '고통'이란 요괴뿐이다. 아무리 찾아도 이것을 알아줄 사람은 한 사람도 없다.

무슨 방법으로든지 생활력을 회복하려 꿈꾸는 때도 없지는 않다. 그것 때문에 나는 입때 자살을 안 하고 대기의 자세를 취하고 있는 것이다 ― 이렇게 나는 말하고 싶다만.

제2차의 각혈이 있은 후 나는 어슴푸레하게나마 내 수명에 대한 개념을 파악하였다고 스스로 믿고 있다.

그러나 그 이튿날 나는 작은어머니와 말다툼을 하고 맥박 125의 팔을 안은 채, 나의 물욕을 부끄럽다 하였다. 나는 목을 놓고 울었다. 어린애같이 울었다.

남 보기에 퍽이나 추악했을 것이다. 그러다 나는 내

가 왜 우는가를 깨닫고 곧 울음을 그쳤다.

　나는 근래의 내 심경을 정직하게 말하려 하지 않는다. 말할 수 없다. 만신창이의 나이건만 약간의 귀족 취미가 남아 있기 때문이다. 그러나 만약 남듣기 좋게 말하자면 나는 절대로 내 자신을 경멸하지 않고 그 대신 부끄럽게 생각하리라는 그러한 심리로 이동하였다고 할 수는 있다. 적어도 그것에 가까운 것만은 사실이다.

　2. 불행한 계승

　4월로 들어서면서는 나는 얼마간 기동할 정신이 났다. 각혈하는 도수도 훨씬 뜨고 또 분량도 훨씬 줄었다. 그러나 침침한 방 안으로 후틋한 공기가 들어와서 미적지근하게 미적지근한 체온과 어울릴 적에 피로는 겨울 동안보다 훨씬 더한 것 같음은 제 팔뚝을 들 힘조차 제게 없는 것이다. 하도 답답하면 나는 툇마루에 볕이 드는 대로 나와 앉아서 반쯤 보이는 닭장 쪽을 보려고 그래서가 아니라 보이니까 멀거니 보고 있자면 으레 작은어머니가 그 닭의 장을 얼싸안고 얼미적얼미적 하는 것이다. 저것은 즉 고 덜 여물어서 알을 안 까는 암탉들을 내려다보면서 언제나 요것들을 길러서 누이를 보나하는 고약한 어머니들의 제 딸 노리는 그게 아닌가. 내 눈에 비치는 것이다. 나는 물론 이래서는 안 된다고 생각한다. 작은어머니 얼굴을 암만 봐도 미워할 데가 어디 있느냐. 넓은 이마, 고른 치아의 열, 알맞은 코, 그리고 작은아버지만 살아 계시면 아직도 얼마든지 연연한 애정의 색을 띨 수 있는 총기가 있는 눈하며 다 내가 좋아하는 부분 부분인데 어째 그런지 그런 좋은 부분들이 종합된 '작은어머니'라는 인상이 나로 하여금 증오의 염을 일으키게 한다.

물론 이래서는 못쓴다. 이것은 분명히 내 병이다. 오래오래 사람을 싫어하는 버릇이 살피고 살펴서 급기야 이 모양이 되고 만 것임에 틀림없다. 그렇다고 내 육친까지를 미워하기 시작하다가는 나는 참 이 세상에 의지할 곳이 도무지 없어지는 것이 아니냐. 참 안됐다.

이런 공연한 망상들이 벌써 나을 수도 있었을 내 병을 자꾸 덧들이게 하는 것일 것이다. 나는 마음을 조용히 또 순하게 먹어야 할 것이라고 여러 번 괴로워하는데 그렇게 괴로워하는 것은 도리어 또 겹겹이 짐 되는 것도 같아서 나는 차라리 방심 상태를 꾸미고 방 안에서는 천장만 쳐다보거나 나오면 허공만 쳐다보거나 하려도 역시 나를 싸고도는 온갖 것에 대한 증오의 염이 무럭무럭 구름 일 듯 하는 것을 영 막을 길이 없다.

비가 두어 번 왔다. 싹이 트려나 보다. 내려다보는 지면이 갈수록 심상치 않다. 바람이 없이 조용한 날은 툇마루에 드는 볕을 가만히 잡기만 하면 퍽 따뜻하다. 이렇게 따뜻한 볕을 쬐면서 이렇게 혼곤한데 하필 사람만을 미워해야 되는 까닭이 무엇이냐.

사람이 나를 싫어할 성싶은데 나도 내가 싫다. 이렇게 저를 사랑할 줄도 모르는 인간이 남을 위할 줄 알 수 있으랴. 없다. 그러면 나는 참 불행하구나.

이런 망상을 시작하면 정말이지 한이 없다. 그러니까 나는 힘이 들고 힘이 드는 것이 싫어도 움직여야 한다. 나는 헌 구두짝을 끌고 마당으로 나가서 담 한 모퉁이를 의지해서 꾸며 놓은 닭의 집 가까이 가본다.

혹 나는 마음으로 작은어머니에게 사과하려는 것인지도 모른다. 그런데 또 이것은 왜 그러나? 작은어머니는 나를 보더니 얼른 안으로 들어가 버린다. 저러기 때문에 안 된다는 것이다. 닭의 집 높이가 내 턱 좀 못 미쳤기 때문에 나는 거기 가로질린 나무에 턱을 받치고 닭의 집 속을 내려다보고 있자니까 냄새도 어지간한데 제일 그 수탉이 딱해 죽겠다. 공연히 성이 대밑둥까지 나서 모가지 털을 벌컥 일으켜 세워 가지고는 숨이 헐레벌떡 헐레벌떡 야단법석이다. 제 딴은 그 가운데 막힌 철망을 뚫고 이쪽 암탉들 있는 데로 가고 싶어서 그러는 모양인데 사람 같으면 그만하면 못 넘어갈 줄 알고 그만 둠직하건만 이놈은 참 성벽이 대단하다.

가끔 철망 무너진 구멍에 무작정하고 목을 틀어박았다가 잘 나오지 않아서 눈을 감고 끽끽 소리를 지르다가 가까스로 빠져나가는 걸 보고 저놈이 그만하면 단념하였다 하고 있으면 그래도 여전히 야단이다. 나는 그만 그놈의 끈기에 진력이 나서 못생긴 놈, 미련한 놈, 못생긴 놈, 미련한 놈, 하고 혼자서 화를 벌컥 내어 보다가도 또 그놈의 그런 미칠 것 같은 정열이 다시없이 부럽기도 하고 존경해야 할 것같이 생각나기도 해서 자세히 본다.

그런데 암탉들은 어쩌냐 하면 영 본숭만숭 이다. 모른 체하고 그저 모이 주워 먹기에만 열중이다. 아하, 저러니까 수탉이란 놈이 화가 더 날밖에 하고 나는 그 새침데기 암탉들을 안타깝게 생각한 것이다. 좀 가끔 수탉 쪽을 한두 번쯤 건너다가도 보아 주지 원…… 하고 나도 실없이 화가 난다. 수탉은 여전히 모이 주워 먹을 생각도 하지 않고 뒤법석을 치는데 좀처럼 허기도 지지 않는다.

이러다가 나는 저 수탉이 대체 요 세 마리 암탉 중의 어떤 놈을 노리는 것인가 살펴보기로 하였다. 물론 수탉이란 놈의 변두가 하도 두리번거리니까 그놈의 시선만 가지고는 알아차리기가 어렵다. 그래서 나는 보통 사람 남자가 여자 보는 그런 눈으로 한번 보아야겠다. 얼른 보기에 사람의 눈으로는 짐승의 얼굴을 사람이 아무개 아무개 하듯 구별하기는 어려운 것같이 보이는데 또 그렇지도 않다. 자세히 보면 저마다 특징다운 특징이 있고 성미도 제각기 다르다. 요 암탉 세 마리도 기뻐하여 서 얼른 보기에는 고놈이 고놈 같고 하더니 얼마만큼이나 들여다보니까 모두 참 다르다.

키가 작달막하고, 눈앞이 검고, 털이 군데군데 빠지고 흙투성이의 그중 더러운 암탉 한 마리가 내 눈에 띄었다. 새침한 중에도 새침한 품이 풋고추같이 맵겠다. 그렇게 보니 그럴 성도 싶은 게 모이를 먹다가 때대로 흘깃흘깃 음분(淫奔)한 계집같이 곁눈질을 곧잘한다. 금방 달려들어 모래라도 한 줌 끼얹어 주었으면

하는 공연한 충동을 느끼나 그러나 허리를 굽히기가 싫다. 속 모르는 수탉은 수선도 피는구나.

아무것도 생각 않는 게 상수다. 닭들의 생활에도 그런 갸륵한 분쟁이 있으니 하물며 사람의 탈을 쓴 나에게 수없는 번거로움이 어찌 없으랴. 가엾은 수탉에 내 자신을 비겨 보고 비겨 보고 나는 다시 헌 구두짝을 질질 끈다. 바람이 없어서 퍽 따뜻하다. 싹이 트려나보다.

얼굴이 이렇게까지 창백한 것이 웬일일까 하고 내가 번민해서…… 내 황막한 의학 지식이 그예 진단하였다. 회충……. 그렇지만 이 진단에는 심원한 유서가 있다. 회충이 아니면 십이지장충…… 십이지장충이 아니면 조충(條蟲)……이러리라는 것이다.

회충약을 써서 안 들으면, 십이지장충 약을 쓰고, 십이지장충 약을 써서 안 들으면 조충약을 쓰고, 조충약을 써서 안 들으면 그 다음은 아직 연구해보지 않았다.

어떤 몹시 불쾌한 하루를 선택하여 위선 회충약을 돈복(頓服)하였다.

안다. 두 끼를 절식해야 한다는 것도, 복약 후에 반

드시 혼도(昏倒)한다는 것도…….

대낮이다. 이부자리를 펴고 그 속으로 움푹 들어가서 너부죽이 누워서, 이래도? 하고 그 혼도라는 것이 오기를 기다렸다.

기다리는 마음이 늘 초조한 법, 귀로 위 속이 버글버글하는 소리를 알아듣고 눈으로 방 네 귀가 정말 뒤틍그러지려나 보고, 옆구리만 좀 근질근질해도 아하 요게 혼도라는 놈인가 보다 하고 긴장한다.

그랬건만 딱한 일은 끝끝내 내가 혼도 않고 그만두었다는 것이다.

3시를 쳐도 역시 그 턱이다. 나는 그만 흥분했다. 혼도커녕은 정신이 말똥말똥하단 말이다. 이럴 리가 없는데.

그렇다고 금방 십이지장충 약을 써보기도 싫다. 내 진단이 너무나 허황한데 스스로 놀라고 또 그 약을 구해야 할 노력이 아깝고 귀찮다.

구름 파듯 뭉게뭉게 불쾌한 감정이 솟아오른다. 이러다가는 저녁 지으시는 작은어머니와 또 싸우겠군……
얼마 후에 나는 히죽히죽 모자도 안 쓰고 거리로 나섰다.

막 다방에를 들어서니까 수군(壽君)이 마침 문간을 나서면서 손바닥을 보인다.

"쉬…… 자네 마누라 와 있네."

나는 정신이 번쩍 났다.

"얘, 요것 봐라."

하고 무작정 그리 들어서려는 것을 수군이 아예 말리는 것이다.

"만좌지중에서 망신 톡톡이 당할 테니 염체 어델."

"그런가……."

입맛을 쩍쩍 다시면서 발길을 돌리기는 돌렸으나 먼 발치서라도 어디 좀 보고 싶었다.

솜옷을 입고 아내가 나갔거늘 이제 철은 홑옷을 입어야 하니 넉 달이나 되나 보다.

나를 배반한 계집이다. 3년 동안 끔찍이도 사랑하였던 끝장이다. 따귀도 한 대 갈겨 주고 싶다. 호령도 좀 하여 주고 싶다. 그러나 여기는 몰려드는 사람이 하나도 내 얼굴을 모르는 사람이 없는 다방이다. 장히 모양도 사나우리라.

"자네 만나면 헐 말이 꼭 한마디 있다네."

"어쩔라누?"

"사생결단을 허겠대네."

"어이쿠."

나는 몹시 놀래어 보이고 레이먼드 하튼 같이 빙글빙글 웃었다. '아내…… 마누라'라는 말이 낮잠과도 같이 옆구리를 간지른다. 그 이미지는 벌써 먼 바다를 건너간다. 이미 파도 소리까지 들리지 않았느냐. 이러한 환상 속에 떠오르는 내 자신은 언제든지 광채 나는 루바슈카를 입었고 퇴폐적으로 보인다. 소년과 같이 창백하고 무시무시한 풍모이다. 어떤 때는 울기도 했다. 어떤 때는 어딘지 모르는 먼 나라의 십자로를 걸었다.

수군에게 끌려 한강으로 나갔다. 목선을 하나 빌어 맥주도 싣고 상류로 거슬러 동작리 갯가에다 대어 놓고 목로 찾아 취토록 먹었다. 황혼에 수평은 시야와 어우러져서 아물아물 허공에 놓인 비조처럼 이 허망한 슬픔을 참 어디다 의지해야 옳을지 비철거리지 않을 수 없었다.

"응…… 넉 달이 지나서 인제? 네가 내게 헐 말은 뭐냐? 애 더리고 더리다."

"이건 왜 변변치 못하게 이러는 거야."

"아니, 아니, 일테면 그렇다 그 말이지, 고론 앙큼스런 놈의 계집이 또 있을 수가 있나."

"글쎄 관둬. 관둬."

"관두긴 허겠지만 어차피 말을 허자구 자연 말이 이렇게끔 나가지 않겠느냐 그런 말이야."

"이렇게 못생긴 건 내 보길 처음 보겠네 원!"

"기집이란 놈의 물건이 아무리 독한 물건이기루 고렇게 싹 칼루 엔 듯이 돌아설 수가 있냐고."

우리들은 술이 살렸다. 나야말로 술 없이 사는 도리가 없었다.

노들서 또 먹었다. 전후불각으로 취하여 의식을 완전히 잃어버려야겠어서 그랬다.

넉 달…… 장부답지 못하게 뒤끓던 마음이 그만하고 차츰차츰 가라앉기 시작하려는 이 철에 뭐냐 부전(附箋) 붙은 편지 모양으로 때와 손자국이 잔뜩 묻은 채 돌아오다니,

"요 얌체두 없는 것아, 요 요 요 요."

나는 힘껏 고성 질타로 제 자신을 조소하건 만도 이와 따로 밑둥 치운 대목 기울 듯 자분참 기우는 이 어리석지 않고 들을 소리도 없는 마음을 주체하는 방법이 없는 것이었다.

넉 달…… 이 동안이 결코 짧지가 않다. 한 사람의 아내가 남편을 배반하고 집을 나가 넉 달을 잠잠하였다면 아내는 그예 용서받을 자격이 없는 것이요 남편은 꿀꺽 참아서라도 용서하여서는 안 된다.

"이 천하의 공규(公規)를 너는 어쩌려느냐?"

와서 그야말로 단죄를 달게 받아 보려는 것일까.

어떤 점을 붙잡아 한 여인을 믿어야 옳을 것인가. 나는 대체 종잡을 수가 없어졌다.

하나같이 내 눈에 비치는 여인이라는 것이 그저 끝없이 경조부박한 음란한 요물에 지나지 않는 것이 없다.

생물이 이렇다는 의의를 홀떡 잃어버린 나는 환신(宦臣)이나 무엇이 다르랴. 산다는 것은 내게 딴은 필요 이상의 '야유'에 지나지 않는다. 그것은 무슨 한 여인에게 배반당하였다는 고만 이유로 해서 그렇다는 것 아니라 사물의 어떤 포인트로 이 믿음이라는 역학의 지점을 삼아야겠느냐는 것이 전혀 캄캄하여졌다는 것이다.

"믿다니 어떻게 믿으라는 것인구."

함부로 예제 침을 튀튀 뱉으면서 보조(步調)는 자못 어지럽고 비창한 것이었다. 술을 한 모금이라도 마시고 나면 약삭빨리 내 심경에 아첨하는 이 전신의 신경은 번번이 대담하게도 천변지이가 이 일신에 벼락치기를 바라고 바라고 하는 것이었다.

"경칠…… 화물 자동차에나 질컥 치여 죽어 버리지. 그랬으면 이렇게 후텁지근한 생활을 면허기라두 허지."

하고 주책없이 중얼거려 본다. 그러나 짜장 화물 자동차가 탁 앞으로 닥칠 적이면 덴겁해서 피하는 재주가 세상의 어떤 사람보다도 능히 빠르다고는 못해도 비슷했다. 그럴 적이면 혀를 쑥 내밀어 제 자신을 조롱하였습네 하고 제 자신을 속여 버릇하였다.

이런 넉 달…….

이런 넉 달이 지나고 어리석은 꿈을 그럭저럭 어리석은 꿈으로 돌릴 줄 알만한 시기에 아내는 꿈을 거친 걸음걸이로 역행하여 여기 폭군의 인상으로 나타난 것이다.

나는 어떻게 해야 하나? 거암과 같은 불안이 공기와 호흡의 중압이 되어 덤벼든다. 나는 야행열차와 같이 자야 옳을는지도 모른다.

3. 추악한 화물

그예 찾아내고 말았다.

나는 안을 들여다보았다. 풀칠한 현관 유리창에 거무데데한 내 얼굴의 하이라이트가 비칠 뿐이다. 물론 아무것도 보이지는 않았다.

나는 그 자리에 주저앉고 만다. 내 바로 옆에서 한 마리의 개가 흙을 파고 있다. 드러누웠다. 혀를 내민다. 혀가 깃발같이 굽이치는 게 퍽 고단해 보였다.

온돌방 한 칸과 '이첩칸(二疊間)'.

이렇단다. 굳게 못질을 하여 놓았다. 분주하게 드나드는 쥐새끼들은 이 집에 관해서 아무것도 나에게 전하지 않는다.

안면 근육이 별안간 바작바작 오그라드는 것 같다. 살이 내리나보다. 사람은 이렇게 하루에도 몇 번씩 살이 내리고 오르고 하나보다. 날아와야겠다. 그 오물 투성이의 대화물을!

절이나 하는 듯이 '대가(大家)'라 써 붙인 목패 옆에 조그마한 명함 한 장이 꽂혀 있다. '한○○, 전등료(電燈料)는 ○○정 ○○번지로 받으러 오시오.' (거짓말 말어라) 이 한○○란 사나이도 오물투성이의 대화물을 질질 끌고 이리저리 방황했을 것이거늘…… ○○정이 어디쯤인가!

(거짓말 말어라)

왜 사람들은 이삿짐이란 대화물을 운반해야 할 구차 기구한 책임을 가졌나.

나는 집 뒤로 돌아가 보려 했다. 그러나 길은 곧장 온돌방까지 뚫린 모양이다. 반 칸도 못 되는 컴컴한 부엌이 변소와 마주 붙었다. 나는 기가 막혔다. 거기도 못이 굳게 박혀 있다. 나는 기가 막혔다.

성격 파산, 무엇 때문에? 나의 교양은 나의 생애와 다름없이 되었다. 헌 누더기 수염도 길렀다. 거리. 땅.

한 번도 아내가 나를 사랑 않는 줄 생각해 본 일조차 없다. 나는 어느 틈에 고상한 국화 모양으로 금시에 수세미가 되고 말았다. 아내는 나를 버렸다. 아내를 찾을 길이 없다.

나는 아내의 구두 속을 들여다본다. 공복…… 절망적 공허가 나를 조롱하는 것 같다. 숨이 가빴다.

그 다음에 무엇이 왔나.

적빈…… 중요한 오물들은 집안사람들이 하나 둘 집어냈다. 특히 더러운 상품 가치 없는 오물만이 병균같이 남아 있었다.

하룻날, 탕아는 이 처참한 현상을 내 집이라 생각하고 돌아와 보았다. 뜰 앞에 화초만이 향기롭게 피어 있다. 붉은 열매가 열린 것도 있었다. 그러나 가족들은 여지없이 변형되고 말았고, 기성을 발하여 욕지거리다.

종시 나는 암말 없었다.

이미 만사가 끝났기 때문이다. 나는 혼자서 손바닥만한 마당에 내려서서 주위를 둘러본다. 내 손때가 안 묻은 물건은 하나도 없다.

나는 책을 태워 버렸다. 산적했던 서신을 태워 버렸다. 그리고 나머지 나의 기념을 태워 버렸다.

가족들은 나의 아내에 관해서 나에게 질문하거나 하지는 않는다. 나도 말하지 않는다.

밤이면 나는 유령과 같이 흥분하여 거리를 뚫었다. 나는 목표를 갖지 않았다. 공복만이 나를 지휘할 수 있었다. 성격의 파편 — 그런 것을 나는 꿈에도 돌아보려 않는다. 공허에서 공허로 말과 같이 나는 광분하였다. 술이 시작되었다. 술은 내 몸 속에서 향수같이 빛났다.

바른팔이 왼팔을, 왼팔이 바른팔을 가혹하게 매질했다. 날개가 부러지고 파랗게 멍든 흔적이 남았다.

몹시 피곤하다. 아방궁을 준대도 움직이기 싫다. 이

집으로 정해버려야겠다.

빨리 운반해야 한다. 그 악취가 가득한 육신들을 피를 토하는 내가 헌 구루마 위에 걸레짝같이 실어 가지고 운반해야 한다.

노동이다. 나에게는 생각할 여유조차 없었다.

4. 불행의 실천

나는 닭도 보았다. 또 개도 보았다. 또 소 이야기도 들었다. 또 외국서 섬 그림도 보았다. 그러나 나는 너희들에게 이 행운의 열쇠를 빌려 주려고는 않는다. 내가 아니면(보아라. 좀 오래 걸렸느냐) 이런 것을 만들어 놓을 수는 없다.

책상다리를 하고 앉은 채 그냥 앉아 있기만 하는 것으로 어떻게 이렇게 힘이 드는지 모른다. 벽은 육중한데 외풍은 되고 천장은 여름 모자처럼 이 방의 감춘 것을 뚜껑 젖히고 고자질하겠다는 듯이 선뜻하다. 장판은 뼈가 저리게 하지 않으면 안절부절못하게 달른다. 반닫이에 바른 색종이는 눈으로 보는 폭탄이다.

그저께는 그끄저께보다 여위고 어저께는 그저께보다 여위고 오늘은 어저께보다 여위고 내일은 오늘보다 여

월 터이고…… 나는 그럼 마지막에는 보숭보숭한 해골
이 되고 말 것이다.

이 불쌍한 동물들에게 무슨 방법으로 죽을 먹이나.
나는 방탕한 장판 위에 넘어져서 한없는 '죄'를 섬겼다.
'죄'…… 나는 시냇물 소리에서 가을을 들었다. 마개 뽑
힌 가슴에 담을 무엇을 나는 찾았다. 그리고 스스로 달
래었다. 가만있으라고, 가만있으라고…….

그러나 드디어 참다못하여 가을비가 소조하게 내리
는 어느 날 나는 화덕을 팔아서 냄비를 사고, 냄비를
팔아서 풍로를 사고, 냉장고를 팔아서 식칼을 사고, 유
리그릇을 팔아서 사기그릇을 샀다.

처음으로 먹는 따뜻한 저녁 밥상을 낯선 네 조각의
벽이 에워쌌다. 6원…… 6원어치를 완전히 다 살기 위
하여 나는 방바닥에서 섣불리 일어서거나 하지는 않았
다. 언제든지 가구와 같이 주저앉았거나 서까래처럼 드
러누웠거나 하였다. 식을까봐 연거푸 군불을 땠고, 구
들을 어디 흠씬 얼궈 보려고 중양(重陽)이 지난 철에
사날씩 검부러기 하나 아궁이에 안 넣었다.

나는 나의 친구들의 머리에서 나의 번지수를 지워
버렸다. 아니 나의 복장까지도 말갛게 지워 버렸다. 은

근히 먹는 나의 조석이 게으르게 나은 육신에 만연하였다. 나의 영양의 찌꺼기가 나의 피부에 지저분한 수염을 낳았다. 나는 나의 독서를 뾰족하게 접어서 종이비행기를 만든 다음 어린아이와 같이 나의 자기(自棄)를 태워서 죄다 날려 버렸다.

아무도 오지 말아 안 들일 터이다. 내 이름을 부르지 말라. 칠면조처럼 심술을 내기 쉽다. 나는 이 속에서 전부를 살라 버릴 작정이다. 이 속에서는 아픈 것도 거북한 것도 동에 닿지 않는 것도 아무 것도 없다. 그냥 쏟아지는 것 같은 기쁨이 즐거워할 뿐이다. 내 맨발이 값비싼 향수에 질컥질컥 젖었다.

한 달 — 맹렬한 절뚝발이의 세월 — 그동안에 나는 나의 성격의 서막을 닫아 버렸다.

두 달…… 발이 맞아 들어왔다.

호흡은 깨끼저고리처럼 찰싹 안팎이 달라붙었다. 탄도(彈道)를 잃지 않은 질풍이 가리키는 대로 곧잘 가는 황금과 같은 절정의 세월이었다. 그동안에 나는 나의 성격을 서랍 같은 그릇에다 담아 버렸다. 성격은 간 데 온 데가 없어졌다.

석 달…… 그러나 겨울이 왔다. 그러나 장판이 카스

텔라 빛으로 타들어왔다. 얄팍한 요 한 겹을 통해서 올라오는 온기는 가히 비밀을 그을릴 만하다. 나는 마지막으로 나의 특징까지 내어 놓았다. 그리고 단 한 재주를 샀다. 송곳과 같은, 송곳 노릇밖에 못하는, 송곳만도 못한 재주를⋯⋯. 과연 나는 녹슨 송곳 모양으로 멋도 없고 말라 버리기도 하였다.

혼자서 나쁜 짓을 해보고 싶다. 이렇게 어두컴컴한 방 안에 표본과 같이 혼자 단좌하여 창백한 얼굴로 나는 후회를 기다리고 있다.

제02편. 들

1

꽃다지, 길경이, 나생이, 딸장이, 먼둘네, 솔구장이,
쇠민장이, 길오장이, 달래, 무릇, 시금초, 씀바구, 돌나
물, 비름, 능쟁이.

들은 온통 초록 전에 덮여 벌써 한 조각의 흙빛도
찾아볼 수 없다. 초록의 바다.

초록은 흙빛보다 찬란하고 눈빛보다 복잡하다. 눈이
보얗게 깔렸을 때에는 흰빛과 능금나무의 자줏빛과 그
림자의 옥색빛밖에는 없어 단순하기 옷 벗은 여인의 나
체와 같은 것이—봄은 옷 입고 치장한 여인이다.

흙빛에서 초록으로—이 기막힌 신비에 다시 한 번
놀라 볼 필요가 없을까. 땅은 어디서 어느 때 그렇게
많은 물감을 먹었기에 봄이 되면 한꺼번에 그것을 이렇
게 지천으로 뱉어 놓을까. 바닷물을 고래같이 들이켰던
가. 하늘의 푸른 정기를 모르는 결에 함빡 마셔 두었던

가. 그것을 빗물에 풀어 시절이 되면 땅 위로 솟쳐 보내는 것일까. 그러나 한 포기의 풀을 뽑아 볼 때 잎새만이 푸를 뿐이지 뿌리와 흙에는 아무 물들인 자취도 없음은 웬일일까. 시험관 속 붉은 물에 약품을 넣으면 그것이 금시에 새파랗게 변하는 비밀—그것과도 흡사하다. 이 우주의 비밀의 약품—그것은 결국 알 바 없을까. 한 톨의 보리알이 열 낟으로 나는 이치는 가르치는 이 있어도 그 보리알에서 푸른 잎이 돋는 조화의 동기는 옳게 말하는 이 없는 듯하다. 사람의 지혜란 결국 신비의 테두리를 뱅뱅 돌 뿐이요, 조화의 속의 속은 언제까지나 열리지 않는 판도라의 상자일 듯싶다. 초록 풀에 덮인 땅 속의 뜻은 초록 옷을 입은 여자의 마음과도 같이 엿볼 수 없는 저 건너 세상이다.

얀들얀들 나부끼는 초목의 양자는 부드럽게 솟는 음악. 줄기는 굵고 잎은 연한 멜로디의 마디마디이다. 부피 있는 대궁은 나팔 소리요, 가는 가지는 거문고의 음률이라고도 할까. 알레그로가 지나고 안단테에 들어갔을 때의 감동—그것이 봄의 걸음이다. 풀 위에 누워 있으면 은근한 음악의 율동에 끌려 마음이 너볏너볏 나부낀다.

꽃다지, 질경이, 민들레…… 가지가지 풋나물을 뜯어 먹으면 몸이 초록으로 물들 것 같다. 물들어야 될 것 같다. 물들어야 옳을 것 같다. 물들지 않음이 거짓말이다. 물들지 않으면 안 될 것 같다.

새가 지저귄다. 꾀꼬리일까.

지평선이 아롱거린다.

들은 내 세상이다.

2

언제까지든지 푸른 하늘을 우러러보고 있으면 나중에는 현기증이 나며 눈이 둘러빠질 듯싶다. 두 눈을 뽑아서 푸른 물에 채웠다가 라무네병 속의 구슬같이 차진 놈을 다시 살 속에 박아 넣은 것과도 같이 눈망울이 차고 어리어리하고 푸른 듯하다. 살과는 동떨어진 유리알이다. 그렇게도 하늘은 맑고 멀다. 눈이 아픈 것은 그 하늘을 발칙하게도 오랫동안 우러러본 벌인 듯싶다. 확실히 마음이 죄송스럽다. 반나절 동안 두려움 없이 하늘을 똑바로 쳐다볼 수 있는 사람이란 세상에서도 가장 착한 사람이거나 그렇지 않으면 가장 용기 있는 악한이어야 할 것이다. 그렇게도 푸른 하늘은 거룩하다.

눈을 돌리면 눈물이 푹 쏟아진다. 벌판이 새파랗게 물들어 눈앞에 아물아물한다. 이런 때에는 웬일인지 구름 한 점도 없다. 곁에는 한 묶음의 꽃이 있다. 오랑캐꽃, 고들뱅이, 노고초, 새고사리, 가처무릇, 대게, 맛탈, 차치광이. 나는 그것을 섞어 들어 꽃다발을 겯기 시작한다. 각색 꽃판과 꽃술이 무릎 위에 지천으로 떨어진다. 그것은 헤어지는 석류알보다도 많다.

나는 들이 언제부터 이렇게 좋아졌는지를 모른다. 지금에는 한 그릇의 밥, 한 권의 책과 똑같은 지위를 마음속에 차지하게 되었다. 책에서 읽은 이론도 아니요, 얻어들은 이치도 아니요, 몇 해 동안 하는 일 없이 들과 벗하고 지내는 동안에 이유 없이 그것은 살림 속에 푹 젖었던 것이다. 어릴 때에 동무들과 벌판을 헤매며 찔레를 꺾으러 가시덤불 속에 들어가고 소똥버섯을 따다 화로 속에 굽고, 메를 캐러 밭이랑을 들치며 골로말을 만들어 끌고 다니노라고 집에서보다도 들에서 더 많이 날을 지우던—그때가 다시 부활하여 돌아온 셈이다. 사람은 들과 떼려야 뗄 수 없는 인연에 있는 것 같다.

자연과 벗하게 됨은 생활에서의 퇴각을 의미하는 것

일까. 식물적 애정은 반드시 동물적 열정이 진한 곳에
오는 것일까. 학교를 쫓기어 서울을 물러오게 된 까닭
으로 자연을 사랑하게 된 것일까. 그러나 동무들과 골
방에서 만나고 눈을 기여 거리를 돌아치다 붙들리고 뛰
다 잡히고 쫓기고—하였을 때의 열정이나 지금에 들을
사랑하는 열정이나 일반이다. 지금의 이 기쁨은 그때의
그 기쁨과도 흡사한 것이다. 신념에 목숨을 바치는 영
웅이라고 인간 이상이 아닐 것과 같이 들을 사랑하는
졸부라고 인간 이하는 아닐 것이다. 아직도 굳은 신념
을 가지면서 지난날에 보던 책들을 들척거리다가도 문
득 정신을 놓고 의미 없이 하늘을 우러러 보는 때가
많다.

　"학보, 이제는 고향이 마음에 붙는 모양이지."

　마을 사람들은 조롱도 아니요 치사도 아닌 이런 말
을 던지게 되었고, 동구 밖에서 만나는 이웃집 머슴은
인사 대신에 흔히,

　"해동지 늪에 붕어떼 많던가."

　고기사냥 갈 궁리를 하거나 그렇지 않으면,

　"십리정 보리 고개 숙었던가."

　하고 곡식의 소식을 묻게 되었다.

마을 사람들보다도 내가 더 들과 친하고 곡식의 소식을 잘 알게 된 증거이다.

나는 책을 외듯이 벌판의 구석구석을 샅샅이 외고 있다.

마음속에는 들의 지도가 세밀히 박혀 있고 사철의 변화가 표같이 적혀 있다. 나는 들사람이요 들은 내 것과도 같다.

어느 논두덩의 청대콩이 가장 진미이며 어느 이랑의 감자가 제일 굵다는 것을 알 수 있다. 새발고사리가 많이 피어 있는 진펄과 종달새 뜨는 보리밭을 짐작할 수 있다. 남대천 어느 모퉁이를 돌 때 가장 고기가 흔하다는 것도 알게 되었다. 개리, 쇠리, 불거지가 덕실덕실 끓는 여울과 미여기, 뚜구뱅이가 잠겨 있는 웅덩이와 쏘가리 꺽지가 누워 있는 바위 밑과─매재와 고들매기를 잡으려면 철교께서도 몇 마장을 더 올라가야 한다는 것과 쇠치네와 기름종개를 뜨려면 얼마나 벌판을 나가야 될 것을 안다. 물 건너 귀룽나무 수풀과 방치골 으름덩굴 있는 곳을 아는 것은 아마도 나뿐일 듯싶다.

학교를 퇴학 맞고 처음으로 도회를 쫓겨 내려왔을 때에 첫걸음으로 찾은 곳은 일갓집도 아니요, 동무집도 아니요, 실로 이 들이었다. 강가의 사시나무가 제대로 있고 버들숲 둔덕의 잔디가 헐리지 않았으며 과수원의 모습이 그대로 남은 것을 보았을 때의 기쁨이란 형언할 수 없이 큰 것이었다. 고향을 그리워하는 마음이란 곧 산천을 사랑하고 벌판을 반가워하는 심정이 아닐까. 이런 자연의 풍물을 내놓고야 고향의 그림자가 어디에 알뜰히 남아 있는가. 헐리어 가는 초가지붕에 남아 있단 말인가. 고향을 꾸미는 것은 사람이면서도 그리운 것은 더 많이 들과 시냇물이다.

3

시절은 만물을 허랑하게 만드는 듯하다.

짐승은 드러내놓고 모든 것을 들의 품속에 맡긴다.

새풀 숲에서 새 둥우리를 발견한 것을 나는 알 수 없이 기쁘게 여겼다. 거룩한 것을—아름다운 것을—찾은 느낌이다. 집과 가족들을 송두리째 안심하고 땅에 맡기는 마음씨가 거룩하다. 풀과 깃을 모아 두툼하게 결은 둥우리 안에는 아직 까지 않은 알이 너덧 알 들어 있다. 아롱아롱 줄이 선 풋대추만큼씩 한 새알. 막 뛰어나려는 생명을 침착하게 간직하고 있는 얇은 껍질

―금시에 딸깍 두 조각으로 깨뜨려질 모태―창조의 보금자리!

그 고요한 보금자리가 행여나 놀라고 어지럽혀질까를 두려워하여 둥우리 기슭에 손가락 하나 대기조차 주저되어 나는 다만 한참 동안이나 물끄러미 바라보고 섰다가 풀포기를 제대로 덮어놓고 감쪽같이 발을 옮겨 놓았다. 금시에 알이 쪼개지며 생명이 돋아날 듯싶다. 등 뒤에서 새가 푸드득 날아 뜰 것 같다. 적막을 깨뜨리고 하늘과 들을 놀래며 푸드득 날았다! 생각에 마음이 즐겁다.

그렇게 늦게 까는 것이 무슨 새일까. 청새일까. 덤불지일까. 고요하게 뛰노는 기쁜 마음을 걷잡을 수 없어 목소리를 내서 노래라도 부를까 느끼며 둑 아래로 발을 옮겨 놓으려다 문득 주춤하고 서버렸다.

맹랑한 것이 눈에 뜨인 까닭이다. 껄껄 웃고 싶은 것을 참고 풀 위에 주저앉았다. 그 웃고 싶은 마음은 노래라도 부르고 싶던 마음의 연장인지도 모른다. 다시 말하면 그 맹랑한 풍경이 나의 마음을 결코 노엽히거나 모욕한 것이 아니요, 도리어 아까와 똑같은 기쁨을 자아내게 한 것이다. 일반으로 창조의 기쁨을 보여 준 것이다.

개울녘 풀밭에서 한 자웅의 개가 장난치고 있는 것이다. 하늘을 겁내지 않고 들을 부끄러워하지 않고 사람의 눈을 꺼리는 법 없이 자웅은 터놓고 마음의 자유를 표현할 뿐이다. 부끄러운 것은 도리어 이쪽이다. 나는 얼굴을 붉히면서 대중없이 오랫동안 그 요절할 광경을 바라보기가 몹시도 겸연쩍었다. 확실히 시절의 탓이다. 가령 추운 겨울 벌판에서 나는 그런 장난을 목격한 일이 없다. 역시 들이 푸를 때 새가 늦은 알을 깔 때 자웅도 농탕치는 것이다. 나는 그 광경을 성내서는 비웃어서는 안 되었다.

보고 있는 동안에 어디서부터인지 자웅에게로 돌멩이가 날아들었다. 킬킬킬킬 웃음소리가 나며 두 번째 것이 날았다. 가제나 몸이 떨어지지 않는 자웅은 그제야 겁을 먹고 흘금흘금 눈을 굴리며 어색한 걸음으로 주체스런 두 몸을 비틀거렸다. 나는 나 이외에 그 광경을 그때까지 은근히 바라보고 있던 또 한 사람이 부근에 숨어 있음을 비로소 알고 더한층 부끄러운 생각이 와락 나며 숨도 크게 못 쉬고 인기척을 죽이고 잠자코만 있을 수밖에는 없었다.

세 번째 돌멩이가 날리더니 이윽고 호담스런 웃음소리가 왈칵 터지며 아래편 숲속에서 사람의 그림자가 덥석 뛰어나왔다. 빨래함지를 인 채 한 손으로는 연해 자웅을 쫓으면서 어깨를 떨며 웃음을 금할 수 없다는 자세였다.

그 돌연한 인물에 나는 놀랐다. 한편 엉겼던 마음이 풀리기도 하였다. 옥분이었다. 빨래를 하고 나자 그 광경이매 마음속 은밀히 흠뻑 그것을 즐기고 난 뒤인 모양이었다. 그러나 나의 놀람보다도 옥분이가 문득 나를 보았을 때의 놀람—그것은 몇 곱절 더 큰 것이었다. 별안간 웃음을 뚝 그치고 주춤 서는 서슬에 머리에 이었던 함지가 왈칵 떨어질 판이었다. 얼굴의 표정이 삽시간에 검붉게 질려 굳어졌다. 눈알이 땅을 향하고 한편 손이 어쩔 줄 몰라 행주치마를 의미 없이 꼬깃거렸다.

별안간 깊은 구렁이에 빠진 것과도 같은 그의 궁착한 처지와 덴 마음을 건져 주기 위하여 나는 마음에도 없는 목소리를 일부러 자아내어 관대한 웃음을 한바탕 웃으면서 그의 곁으로 내려갔다.

"빌어먹을 짐승들."

마음에도 없는 책망이었으나 옥분의 마음을 풀어 주

자는 뜻이었다.

"득추녀석쯤이 너를 싫달 법 있니. 주제넘은 녀석!"

이어 다짜고짜로 그의 일신의 이야기를 집어낸 것은 그의 주의를 다른 곳으로 돌리자는 생각이었다. 군청고원 득추는 일껀 옥분과 성혼이 된 것을 이제 와서 마다고 투정을 내고 다른 감을 구하였다. 옥분의 가세가 빈한하여 들고날 판이므로 혼인한 뒤에 닥쳐올 여러 가지 귀치않은 거래를 염려하여 파혼한 것이 확실하다. 득추의 그런 꾀바른 마음씨를 나무라는 것은 나뿐이 아니었다. 마을 사람들은 거개 고원의 불신을 책하였다.

"배반을 당하고 분하지도 않으냐."

"모른다."

옥분은 도리어 짜증을 내며 발을 떼놓았다.

"그 녀석 한번 해내 줄까."

웬일인지 그에게로 쏠리는 동정을 금할 수 없다.

"쓸데없는 짓 할 것 있니."

동정의 눈치를 알면서도 시침을 떼는 옥분의 마음씨에는 말할 수 없이 그윽한 것이 있어 그것이 은연중에 마음을 당긴다.

눈앞에 멀어지는 그의 민출한 자태가 가슴속에 새겨

진다. 검은 치마폭 밑으로 드러난 불그레한 늠츳한 두 다리—자작나무보다도 더 아름다운 것—헐벗기 때문에 한결 빛나는 것, 세상에도 가지고 싶은 탐나는 것이다.

4

일요일인 까닭에 오래간만에 문수와 함께 둑 위에서 하루를 보낼 수 있었다. 날마다 거리의 학교에 가야 하는 그를 자주 붙들어 낼 수는 없다. 일요일이 없는 나에게도 일요일이 있는 것이다.

바다를 바라볼 수 있는 둑에 오르면 마음이 **활짝** 열리는 듯이 시원하다. 바닷바람이 아직 조금 차기는 하나 신선한 맛이다. 잔디밭에는 간간이 피지 않은 해당화 봉오리가 조촐하게 섞였으며 둑 맞은편에 군데군데 모여 선 백양나무 잎새가 햇빛에 반짝반짝 나부껴 은가루를 뿌린 것 같다.

문수는 빌려 갔던 몇 권의 책을 돌려 주고 표해 두었던 몇 구절의 뜻을 질문하였다. 나는 그에게는 하루의 선배인 것이다. 돈독하게 뛰어 주는 것이 즐거운 의무도 되었다.

'공부'가 끝난 다음 책을 덮어 두고 잡담에 들어갔

을 때에 문수는 탄식하는 어조였다.

"학교가 점점 틀려 가는 모양이다."

구체적 실례를 가지가지 들고 나중에는 그 한 사람의 협착한 처지를 말하였다.

"책 읽는 것까지 들키었네. 자네 책도 뺏길 뻔했어."

짐작되었다.

"나와 사귀는 것이 불리하지 않은가."

"자네 걸은 길대로 되어 나가는 것이 뻔하지. 차라리 그편이 시원하겠네."

너무 궁박한 현실 이야기만도 멋없어 두 사람은 무릎을 툭 털고 일어서 기분을 가다듬고 노래를 불렀다. 아는 말 아는 곡조를 모조리 불렀다.

노래가 진하면 번갈아 서서 연설을 하였다. 눈앞에 수많은 대중을 가상하고 목소리를 다하여 부르짖어 본다. 바닷물이 수물거리나 어쩌나, 새들이 놀라서 떨어지나 어쩌나를 시험하려는 듯이도 높게 고함쳐 본다. 박수하는 사람은 수만의 대중 대신에 한 사람의 동무일 뿐이나 지껄이는 동안에 정신이 흥분되고 통쾌하여 간다. 훌륭한 공부 이외 단련이다.

협착한 땅 위에 그렇게 자유로운 벌판이 있음이 새

삼스러운 놀람이다. 아무리 자유로운 말을 외쳐도 거기에서만은 '중지'를 당하는 법이 없으니까 말이다. 땅 위는 좁으면서도 넓은 셈인가.

둑은 속 풀리는 시원한 곳이며 문수와 보내는 하루는 언제든지 다시없이 즐거운 날이다.

5

과수원 철망 너머로 엿보이는 철늦은 딸기—잎새 사이로 불긋불긋 돋아난 송이 굵은 양딸기—지날 때마다 건강한 식욕을 참을 수 없다.

더구나 달빛에 젖은 딸기의 양자란 마치 크림을 끼얹은 것과도 같아서 한층 부드럽게 빛난다.

탐나는 열매에 눈독을 보내며 철망을 넘기에 나는 반드시 가책과 반성으로 모질게 마음을 매질하지는 않았으며 그럴 필요도 없었다. 그것이 누구의 과수원이든 간에 철망을 넘는 것은 차라리 들사람의 일종의 성격이 아닐까.

들사람은 또한 한편 그것을 용납하고 묵인하는 아량도 가지고 있는 것이다. 나는 몇 해 동안에 완전히 이 야취의 성격을 얻어 버린 것 같다.

흐뭇한 송이를 정신없이 따서 입에 넣으면서도 철망 밖에서 다만 탐내고 보기만 할 때보다 한층 높은 감동을 느끼지 못하게 됨은 도리어 웬일일까. 입의 감동이 눈의 감동보다 떨어지는 탓일까. 생각만 할 때의 감동이 실상 당하였을 때의 감동보다 항용 더 나은 까닭일까. 나의 욕심을 만족시키기에는 불과 몇 송이의 딸기가 필요할 뿐이었다. 차라리 벌판에 지천으로 열려 언제든지 딸 수 있는 들딸기 편이 과수원 안의 양딸기보다 나음을 생각하며 나는 다시 철망을 넘었다.

멍석딸기, 중딸기, 장딸기, 나무딸기, 감대딸기, 곰딸기, 닷딸기, 배암딸기……

능금나무 그늘에 난데없는 사람의 그림자를 발견하자 황급히 뛰어넘다 철망에 걸려 나는 옷을 찢었다. 그러나 옷보다도 행여나 들키지나 않았나 하는 염려가 앞서 허둥허둥 풀 속을 뛰다가 또 공교롭게도 그가 옥분임을 알고 마음이 일시에 턱 놓였다. 그 역 딸기밭을 노리고 있던 터가 아닐까. 철망 기슭을 기웃거리며 능금나무 아래 몸을 간직하고 있지 않았던가.

언제인가 개천 둑에서 기묘하게 만난 후 두 번째의 공교로운 만남임을 이상하게 여기고 있는 동안에 마음이 퍽으나 헐하게 놓여졌다. 가까이 가서 시룽시룽 말을 건 것도 그리 어색하지 않고 자연스러웠다. 그 역시 스스러워하지 않고 수월하게 말을 받고 대답하고 하였다. 전날의 기묘한 만남이 확실히 두 사람의 마음을 방긋이 열어 놓은 것 같다.

"딸기 따줄까?"

"무서워!"

그의 떨리는 목소리가 왜 그리도 나의 마음을 끌었는지 모른다. 나는 떨리는 그의 팔을 붙들고 풀밭을 지나 버드나무 숲속으로 들어갔다. 그의 입술은 딸기보다도 더 붉다. 확실히 그는 딸기 이상의 유혹이었다.

"무서워."

"무섭긴."

하고 달래기는 하였으나 기실 딸기를 훔치러 철망을 넘을 때와 똑같이 가슴이 후둑후둑 떨림을 어쩔 수 없었다. 버드나무 잎새 사이로 달빛이 가늘게 새어들었다. 옥분은 굳이 거역하려고 하지 않았다.

양딸기 맛이 아니요, 확실히 들딸기 맛이었다. 멍석딸기 나무딸기의 신선한 감각에 마음은 흐뭇이 찼다.

아무리 야취의 습관에 젖었기로 철망 너머 딸기를

딸 때와 일반으로 아무 가책도 반성도 없었던가. 벌판서 장난치던 한 자웅의 짐승과 일반이 아닌가. 그것이 바른가, 그래서 옳을까 하는 한 줄기의 곧은 생각이 한결같이 뻗쳐오름을 억제할 수는 없었다. 결국 마지막 판단은 누가 옳게 내릴 수 있을까.

6

며칠이 지나도 여전히 귀찮은 생각이 머릿속에 뱅돈다. 어수선한 마음을 활짝 씻어 버릴 양으로 아침부터 그물을 들고 집을 나섰다.

그물을 후릴 곳을 찾으면서 남대천 물줄기를 따라 올라간 것이 시적시적 걷는 동안에 어느덧 철교께서도 근 십 리를 올라가게 되었다. 아무 고기나 닥치는 대로 잡으려던 것이 그렇게 되고 보니 불현듯이 고들매기를 후려 볼 욕심이 솟았다. 고기사냥 중에서도 가장 운치 있고 흥 있는 고들매기 사냥에 나는 몇 번인지 성공한 일이 있어 그 호젓한 멋을 잘 안다. 그중 많이 모여 있을 듯이 보이는 그럴듯한 여울을 점쳐 첫 그물을 던져 보기로 하였다.

산속에 오목하게 둘러싸인 개울─물도 맑거니와 물

소리도 맑다. 돌을 굴리는 여울 소리가 티끌 한 점 있을 리 없는 공기와 초목을 영롱하게 울린다. 물속에 노는 고기는 산신령이나 아닐까.

옷을 활짝 벗어부치고 그물을 메고 물속에 뛰어들었다. 넉넉히 목욕을 할 시절임에도 워낙 산골물이라 뼈에 차다. 마음이 한꺼번에 씻겨졌다느니보다도 도리어 얼어붙을 지경이다. 며칠 내로 내려오던 어수선한 생각이 확실히 덜해지고 날아갔다고 할까. 그러나 그러면서도 마지막 한 가지 생각이 아직도 철사같이 가늘게 꿰뚫고 흐름을 속일 수는 없었다.

'사람의 사이란 그렇게 수월할까.'

옥분과의 그날 밤 인연이 어처구니없게 쉽사리 맺어진 것이 의심쩍은 것이었다. 아무 마음의 거래도 없던 것이 달빛과 딸기에 꼬임을 받아 그때 그 자리에서 금방 응낙이 되다니. 항용 거기에 이르기까지의 두 사람의 마음의 교섭이란 이야기 속에서 읽을 때에는 기막히게 장황하고 지리한 것이었는데 그것이 그렇게 수월할 리 있을까. 들 복판에서는 수월한 법인가.

'책임 문제는 생기지 않는가?'

생각은 다시 솔솔 풀린다. 물이 찰수록 생각도 점점

차게만 들어간다.

물이 다리목을 넘게 되었을 때 그쯤에서 한 홀기 던져 보려고 그물을 펴들고 물속을 가늠해 보았다. 속물이 꽤 세어 다리를 훌친다. 물때 낀 돌멩이가 몹시 미끄러워 마음대로 발을 디딜 수 없다. 누르칙칙한 물속이 적확히 보이지 않는다. 몇 걸음 아래편은 바위요 바위 아래는 소가 되어 있다.

그물을 던질 때의 호흡이란 마치 활을 쏠 때의 그것과도 같이 미묘한 것이어서 일종의 통일된 정신과 긴장된 자세를 요구하는 것임을 나는 경험으로 잘 안다. 그러면서도 그때 자칫하여 기어이 실수를 하게 된 것은 필시 던지는 찰나까지도 통일되지 못한 마음이 어수선하고 정신이 까닥거렸음이 확실하다. 몸이 휘뚱하고 휘더니 횡하게 날아야 할 그물이 물 위에 떨어지자 어지럽게 흩어졌다. 발이 미끄러져 센 물결에 다리가 쓸리니까 그물은 손을 빠져 달아났다. 물속에 넘어져 흐르는 몸을 아무리 버둥거려야 곧추 일으키는 장사 없었다. 생각하면 기가 막히나 별수 없이 몸은 흐를 대로 흐르고야 말았다.

바위에 부딪쳐 기어코 소에 빠졌다. 거품을 날리는

폭포 속에 송두리째 푹 잠겼다가 휘엿이 솟으면서 푸른 물속을 뺑 돌았다. 요행 헤엄의 습득이 약간 있던 까닭에 많은 고생 없이 허부적거리고 소를 벗어날 수는 있었다.

면상과 어깻죽지에 몇 군데 상처가 있었다. 피가 돋았다. 다리에는 군데군데 시퍼렇게 멍이 들어 있음을 보았다. 잃어버린 그물은 어느 줄기에 묻혀 흐르는지 알 바도 없거니와 찾을 용기도 없었다. 고들매기는 물론 한 마리도 손에 쥐어 보지 못하였다.

귀가 메이고 코에서는 켰던 물이 줄줄 흘렀다. 우연히 욕을 당하게 된 몸뚱아리를 훑어보며 나는 알 수 없는 부끄러움을 느꼈다. 별안간 옥분의 몸이—향기가 눈앞에 흘러왔다. 비밀을 가진 나의 몸이 다시 돌아보며 한동안 부끄러운 생각이 쉽게 꺼지지 않았다.

7

문수는 기어코 학교를 쫓겨났다. 기한 없는 정학처분이었으나 영영 몰려난 것과 같은 결과이다. 덕분에 나도 빌려 주었던 책권을 영영 뺏긴 셈이 되었다.

차라리 시원하다고 문수는 거드름 부렸으나 시원하

지 않은 것은 그의 집안사람들이다. 들볶는 바람에 그는 집을 피하여 더 많이 나와 지내게 되었다. 원망의 물줄기는 나에게까지 튀어 왔다. 나는 애매하게도 그를 타락시켜 놓은 안된 놈으로 몰릴 수밖에는 없다.

별수 없이 나날을 들과 벗하게 되었다. 나는 좋은 들의 동무를 얻은 셈이다.

풀밭에 서면 경주를 하고 시냇가에 서면 납작한 돌을 집어 물 위에 수제비를 뜨기가 일쑤다. 돌을 힘껏 던져 그것이 물 위를 뛰어가는 뜀수를 세는 것이다. 하나 둘 셋 넷 다섯 여섯 일곱 여덟―이 최고 기록이다. 돌은 굴러갈수록 걸음이 좁아지고 빨라지다 나중에는 깜박 물속에 꺼진다. 기차가 차차 멀어지고 작아지다 산모퉁이에서 깜박 사라지는 것과도 같다. 재미있는 장난이다. 나는 몇 번이고 싫지 않게 돌을 집어 시험하는 것이었다.

팔이 축 처지게 되면 다시 기운을 내어 모래밭에 겨루고 서서 씨름을 한다. 힘이 비등하여 승패가 상반이다. 떠밀기도 하고 샅바씨름도 하고 잡아나꾸기도 하고 ―다리걸이 딴죽치기―기술도 차차 늘어 가는 것 같다.

"세상에서 제일 장하고 제일 크고 제일 아름답고 제

일 훌륭하고 제일 바른 것이 무엇이냐?"

되고말고. 수수께끼를 걸고,

"힘이다!"

라고 껄껄껄껄 웃으면 오장육부가 물에 헤운 듯이 시원한 것이다. 힘! 무슨 힘이든지 좋다. 씨름을 해가는 동안에 우리는 힘에 대한 인식을 한층 새롭혀 갔다. 조직의 힘도 장하거니와 그것을 꾸미는 한 사람의 힘이 크다면 더한층 아름다운 것이 아닐까.

8

문수와 천렵을 나섰다.

그물을 잃은 나는 하는 수 없이 족대를 들고 쇠치네 사냥을 하러 시냇물을 훑어 내려갔다.

벌판에 냄비를 걸고 뜬 고기를 끓이고 밥을 지었다.

먹을 것이 거의 준비되었을 때, 더운 판에 목욕을 들어갔다.

땀을 씻고 때를 밀고는 깊은 곳에 들어가 물장구와 갸닥질이다. 어린아이 그대로의 순진한 마음이 방울방울 날리는 물방울과 함께 하늘을 휘덮었다가는 쏟아지는 것이다.

물가에 나와 얼굴을 씻고 물을 들일 때에 문수는 다따가,

"어깨의 상처가 웬일인가?"

하고 나의 어깨의 군데군데를 가리켰다.

나는 뜨끔하면서 그때까지 완전히 잊고 있던 고들매기 사냥과 거기에 관련된 옥분과의 일건이 생각났다.

어떻게 할까 망설이다가 그에게까지 기일 바 못 되어 기어코 고기잡이 이야기와 따라서 옥분과의 곡절을 은연중 귀띔하여 주게 되었다.

이상한 것은 그의 태도였다.

"명예의 부상일세그려."

놀리고는 걱실걱실 웃는 것이다. 웃다가 문득 그치더니,

"이왕 말이 났으니 나도 내 비밀을 게울 수밖에는 없게 되었네그려."

정색하고 말을 풀어냈다.

"옥분이— 나도 그와는 남이 아니야."

어안이 벙벙한 나의 어깨를 치며,

"생각하면 득추와 파혼된 후로부터는 달뜬 마음이 허랑해진 모양이데. 일종의 자포자기야. 죽일놈은 득추

지. 옥분의 형편이 가엾기는 해."

나에게는 이상한 감정이 솟아올랐다. 문수에게 대하여 노염과 질투를 느끼는 대신에—도리어 일종의 안심과 감사를 느끼는 것이었다. 괴롭던 책임이 모면된 것 같고 무거운 짐을 벗어 놓은 듯이도 감정이 가벼워지고 엉겼던 마음이 풀리는 것이다. 이것은 교활하고 악한 심보일까. 그러나 나를 단 한 사람으로 생각하지 않는 옥분의 허랑한 태도에 해결의 열쇠는 있다. 그의 태도가 마지막 책임을 져야 될 터이니까.

"왜 말이 없나? 거짓말로 알아듣나? 자네가 버드나무숲에서 만났다면 나는 풀밭에서 만났네."

여전히 잠자코만 있으면서 나는 속으로 한결같이 들의 성격과 마술과도 같은 자연의 매력이라는 것을 생각하였다.

얼마나 이야기가 장황하였던지 밥 타는 냄새가 코를 찔렀다.

9

무더운 날이 계속된다.

이런 때 마을은 더한층 지내기 어렵고 역시 들이 한

결 낫다.

낮은 낮으로 해두고 밤을—하룻밤을 온전히 들에서 보낸 적이 없다.

우리는 의논하고 하룻밤을 들에서 야영하기로 하였다.

들의 밤은 두려운 것일까—이런 의문도 있었기 때문이다.

이왕 의가 통한 후이니 이후로는 옥분이도 데려다가 세 사람이 일단의 '들의 아들'이 되었으면 하는 문수의 의견이었으나 나는 그것을 일종의 악취미라고 배척하였다. 과거의 피차의 정의는 정의로 하여 두고 단체생활에는 역시 두 사람이 적당하며 수효가 셋이면 어떤 경우에든지 반드시 기울고 불안정하다는 의견을 가지고 있기 때문이다. 그러나 그것도 결국 나의 야성이 철저치 못한 까닭이 아닐까.

어떻든 두 사람은 들 복판에서 해를 넘기고 어둡기를 기다리고 밤을 맞이하였다.

불을 피우고 이야기하였다.

이야기가 장황하기 때문에 불이마저 스러질 때에는 마을의 등불도 벌써 다 꺼지고 개 짖는 소리도 수습된

뒤였다. 별만이 깜박거리고 바닷소리가 은은할 뿐이다.

어둠은 깊고 넓고 무한하다.

창조 이전의 혼돈의 세계는 이러하였을까.

무한의 적막—지구의 자전 공전의 소리도 들리지는 않는 것이다.

공포—두려움이란 어디서 오는 감정일까.

어둠에서도 적막에서도 오지는 않는다.

우리는 일부러 두려운 이야기, 무서운 이야기로 마음을 떠보았으나 이렇듯한 새삼스러운 공포의 감정이라는 것은 솟지 않았다.

위에는 하늘이요 아래는 풀이요—주위에 어둠이 있을 뿐이지 모두가 결국 낮 동안의 계속이요 연장이다. 몸에 소름이 돋는 법도 마음이 떨리는 법도 없다.

서로 눈만 말똥거리다가 피곤하여 어느결엔지 잠이 들어 버렸다.

단잠을 깨었을 때는 아침 해가 높은 후였다.

야영의 밤은 시원하였을 뿐이요, 공포의 새는 결국 잡지 못하였다.

10

그러나 공포는 왔다.

그것은 들에서 온 것이 아니요 마을에서—사람에게서 왔다.

공포를 만드는 것은 자연이 아니요 사람의 사회인 듯싶다.

문수가 돌연히 끌려간 것이다.

학교 사건의 뒤맺이인 듯하다.

이어 나도 들어가게 되었다.

나 혼자에 대하여 혹은 문수와 관련되어 여러 가지 질문을 받았다.

사흘 밤을 지우고 쉽게 나왔으나 문수는 소식이 없다. 오랠 것 같다.

여러 가지 재미있는 여름의 계획도 세웠으나 혼자서는 하릴없다.

가졌던 동무를 잃었을 때의 고독이란 큰 것이다.

들에서 무료히 지내는 날이 많다.

심심파적으로 옥분을 데려올까도 생각되나 여러 가지로 거리끼고 주체스런 일이다. 깨끗한 것이 좋을 것 같다.

별수 없이 녀석이 하루라도 속히 나오기를 충심으로 바랄 뿐이다.

나오거든 풋콩을 실컷 구워 먹이고 기름종개를 많이 떠먹이고 씨름해서 몸을 불려 줄 작정이다.

들에는 도라지꽃이 피고 개나리꽃이 장하다.

진펄의 새발고사리도 어느덧 활짝 피었다.

해오라기가 가끔 조촐한 자태로 물가에 내린다.

시절이 무르녹았다.

제03편. 불효자식

대지 위에 벌여 놓인 (大地) 모든 물건들을 꿰뚫을 듯이 더운 불볕이 내려쬐는 삼복 여름 어느 오후였었다. 나는 학교에서 하학을 하고 땀을 뻘뻘 흘리며 돌아오다가 마침 주인집으로 들어가는 길 어귀에서 칠복(七福)의 어머니 최씨 부인을 문득 만났다.

나는 그이를 보자 곧 '칠복의 소식을 듣고 올라온 것이다'고 직감적으로 깨달았다.

그와 동시에 칠복의 얼굴과 그 다리를 걷어치우고 앉아 아편주사를 하던 모양이며, 까치 뱃바닥 같은 흰 손이 다시 서대문 감옥의 우중충한 붉은 담과 그 안에서 누렁 옷 입고 쇠사슬 차고 노역(勞役)을 하고 있을 그의 죽어가는 듯한 형상이며-그에 대한 여러 가지 일을 주마등과 같이 연상하였다.

그이(칠복의 어머니)는 몇 해 전에 칠복을 찾으러 서울까지 한번 올라와본 일은 있었으나 결코 다른 무슨 볼일을 본다든지 혹은 구경을 하려고 일부러 서울까지 올라올 그럴 팔자는 못되었었다. 그때에 내 앞에 서 있는 그이의 행색도 과연 세상의 가난과 고생은 혼자서 다 짊어지고 있는 듯이 야속하게도 초라하고 곤궁하게 보였다. 그이의 몸에 걸친 옷-땟물이나 빨아 입었는지 뚫어지고 해어지고 때 묻고 땀에 녹아 몸에 칭칭 감기는 낡은 삼베치마와 적삼은 옷이라 하기는 너무도 걸레조각만도 못하였다. 희끗희끗 반백이나 된 머리털은 화투 바구니같이 부풀어 뜨고, 먼지가 소복이 앉은 버선발에는 뒤축 없는 짚신 한 짝과 다 찢어진 고무신 한 짝을 짝 맞춰 끌었었다.

이 차림으로 얼룩덜룩한 보퉁이 하나를 옆에 끼고 불붙여 지지는 듯한 칠월 노양(老陽)에 사라질 듯이 낡은 참대 지팡이를 의지하고 서서 무엇을 찾는 듯이 무엇을 물어보고 싶은 듯이 오는 사람 가는 사람들을 맥없이 바라보는 총기 없는 눈동자며, 나이보다 훨씬 더 늙어 보이는 햇빛에 그을은 그 얼굴의 추렷이 슬픈 듯한 표정이며, 모두가 일부러 그처럼 차리고 꾸미려 하여도 할 수 없을 만큼 지긋지긋한 빈궁의 특수한 기분이 그 주위에 떠돌았었다.

누구나 깊은 느낌이 있어 옛날 박진사(朴進士: 칠복의 선친) 집의 호화롭던 부귀와 삼십 년이 채 못 간 오늘날 그 유족의 모진 영락(零落)과의 기수로운 대조(對照)를 볼 때에 성쇠의 무상함을 안타까워하는 비애의 눈물을 흘리지 아니치 못할 것이다.

나는 그이의 옆으로 가까이 가서 인사를 하였다. 그이는 웬 사람인가하고 의아해 하는 듯이 어리둥절하고 서서 나를 바라보았다. 실상 나는 고향에서 장성한 이후로 별로 그이와 접촉한 일이 없었다. 만일 칠복에게 대한 깊은 인상이 없었더라면 나도 그이를 몰라보고 그대로 지나가 버렸을지도 모를 것이었었다. 그러므로 생각지 아니한 곳에서 뿔 돋친(四角)모자를 쓰고 서양사람 옷(洋服)을 입은 나를 갑자기 만나게 된 그이가 나를 첩경 몰라본 것도 또한 괴이치 아니한 일이었었다. 나는 무어라고 자기소개를 하여야 좋을지 몰라 어물어물하고 섰는 동안에 나의 얼굴을 자세히 굽어보고 있던 그 이는 그제야 어렴풋이 나인 줄을 알았는지 내 팔을 움켜잡으며 '늙으신 어머니'의 특유한 자애의 기분이 넘치는 듯한 말로 또한 반가운 듯이 "어이…… 자네가 아무개 동생, 어따 저…… 오동이지? 참 많이두 컸

다…… 몰라보았네……"

"예예…… 그렇습니다……"

"응…… 옳지 옳아…… 저 뒷골 조선달 막내지?
…… 자네 댁두 다 편안허신가부데……"

"그런디 왜 이렇게 올라오셨어요?"

하고 나는 모름이 아니나 물어보았다. 얼굴이 그을
어서 표정의 변화가 잘 나타나지 아니하는 그이의 얼굴
은 그래도 변하였다. 슬퍼졌다.

"아이구…… 이 사람 말두 마소…… 우리 칠복이가
징역 산다네 징역……"

그이의 눈에서는 눈물이 핑 돌아 주름살 잡힌 얼굴
로 힘없이 흘러내렸다.

공연히 나의 눈가도 갑자기 싸하여지며 앞이 어른어
른하여졌다. 나는 잠깐 동안 외면을 하고 섰다가

"그러면 어서 저리 들어가시지요……"

하고 우리 주인집으로 들어가기를 청하였다. 나는
그이와 서서 이야기하는 동안 퍽은 가슴이 갑갑하고 거
북스러웠었다. 마치 소낙비가 오려는 여름 석양처럼 그
이는 그대로 서서 머뭇머뭇하다가

"가다니 거그가 어딘가? ……"

"어따 저 아무개(나는 우리 주인의 아명을 불렀다)네 집 말씀이어요……"

그이는 의외에 만족한 듯이 나를 따라오며

"응…… 그러면 가니 마니 허겠넌가…… 나두 시방 그 집 좀 찾을라구 이러구 섰었네……(그이는 우리 주인의 주소와 성명을 적은 종잇조각을 내어보였다) 내가 시방 어디루 갈 디가 있넌가…… 좋으나 낮으나 일가나 찾어가야지……"

그 칠복이란 사람은 그때에 사실 아편 중독자로서 절도범으로 잡혀 오개월 징역 선고를 받아가지고 서대문 감옥에서 복역하는 중이었었다. 그 이튿날그이는 칠복을 면회하려고 우리 집 주인 P씨와 같이 서대문 감옥으로 갔었다. 나는 저녁때 학교에서 돌아오다가 그이가 문간을 의지하고 서서 먼 하늘을 바라보며 눈물을 흘리고 있는 것을 보았다. 나는 차라리 아니 만난 것만 못하였다고 생각은 하였으나 그렇다고 그대로 묵묵히 지나가 버릴 수도 없고 또 한편으로 칠복의 생활에 대하여 호기심도 가졌었음으로

"오늘 칠복이 만나 보셨어요? ……"

하고 물어보았다. 그이는 그 누추한 치맛자락을 들

어 눈물을 씻으면서 잠긴 목소리로

"어이…… 만나부았네만 참말이지 눈으론 못 보겄데…… 아이고…… 자식이 그 죽을 고생을 허넌 걸 보구 내 어떻게 살아간단 말인가…… 내가 차라리 죽어버리기나 했으면 이런 꼴 저런 꼴을 모두 안 보련만 모진 목숨이죽어지지두 않구……"

하고 후유 한숨을 내쉬며 새로이 흐르는 눈물을 씻었다. 그이의 치맛자락으로 문대는 얼굴에서는 검은 껍질이 문질문질 벗어져서 희뜩희뜩한 자리가 났다.

나는 그것을 다만 심상히 보았더니 그 후에 그이가 시골서 올라올 때에 근 열흘 동안이나 걸어오느라고 햇볕에 얼굴이 타서 그렇게 된 것이란 말을 칠복에게 들어 알았다. 나는 무어라고 좀 위로라도 하고 싶었지만 어떻게 무슨 말을 하면 좋을지 몰라 다만 묵묵히 섰다가

"몸이나 편히 있어요? ……"

하고 또 한마디 물었다. 그이는 기가 막히는 듯이

"하이구…… 이 사람아, 말두 말소…… 편헌 게 다무엇인가…… 얼골이라고 똑 생전에 볕내(日光) 한번두 못 쐬야 본 놈( )름 누렇게 뜨구…… 빼빼 말러서 뼉다

구에 가 가죽만 붙었네…… 그런디다가 종기까지 났다던가…… 그러구 배넌 고파 죽겄넌디 시키넌 일이 어찌 되(疲困)던지. 뼉다구가 부러지넌 것 같다구 그러데…… 암만히두 그 속에서 죽지 다시 살어나오던 못하겄데…… 아이구 그것이 죽다니…… 내가 그 꼴을 보다니…… 지상(妓生)년 반지 하나 갖다 잽혀먹은 죄루 그런다니 그것이 그리 큰 죄라구…… 도루 찾어주면 구만이지…… 애편 침질이사 제 돈 갖구 제 맘대루허넌디 무슨 상관덜이여……"

하고 마지막에는 원통도 하고 섧기도 한 듯이 흑흑 느껴 울었다.

나는 씨의 집에서 칠복이와 P 얼마 동안 같이 있었으므로 그에게 대한 이야기를 들으면서 응당 그러리라고 생각하였다. 그가 잡혀가던 그 전날도 칠원짜리 모르핀 한 병을 아침에 사다가 종일 앉아서 병까지 모조리 부셔 쓰고도 그래도 모자라서 그날 밤에는 학질 앓는 사람처럼 불불 떨며 끙끙 앓다가 새벽녘에 형사에게 채워간 것이었었다. 이러한 심한 중독자로서 잡혀가면서부터 일조에 뚝 잡아 끊게 된 것이었으므로 얼마 동안 그의 고통은 약간이 아니었을 것이요, 가뜩이나 야위었던 그라 뼈와 가죽만 남았다는 말도과언이 아닐 것이다. 그러나 몸이 야위는 것은 아편을 끊은 뒤의 일시적 현상이요, 좀 지나면 갑자기 식욕(食慾)이 증가되고 살이 찌는 것이므로, 감옥에서 주는 그 푸달진 밥으로는 창자를 틀어쥘 시기가 칠복에게도 올 것이었었다. 그리고 종처는 그가 잡혀가기 전부터 엉덩이와 팔다리와 온 몸뚱이에 모두 생겼었다. 그네는 모르핀을 증류수에 타서 쓰거나 주사하는 침을 소독을 하기는 고사하고 급한 때는 개울창 물에도 따 쓰며 침 한 개를 가지고 여럿이서 돌려가며 쓰기까지 하므로 으례 종처가 생기지 않지를 못한다.

칠복이가 입옥하기 전 얼마 동안의 그의 육체는 산 사람의 살이라기는 너무나 썩은 송장에 가까웠다. 그의 사지와 몸뚱이는 전부가 흉측스럽게 찌그러지고, 아물려진 검푸른 묵은 종처와 불그레하니 툭 솟은 끝이 녹두알같이 노랗게 곪은 새 종처와 시꺼먼 때 묻은 고약 조각으로 덮여버리고 말았었다. 더욱이 그 보기만 하여도 진저리가 나는 다리를 걷어치우고 앉아 날카롭고 깎은 성냥개비로 늑신 곪아서 물렁물렁한 종처를 따짝따짝하다가 신문지조각을 대고 꾹 누르면 푹 솟쳐 나

오는 녹두 비지 같은 누런 고름과 검붉은 피며 삼복염
천에 송장 썩는 것 같은 그 고약스런 냄새- 그리고 나
서 담벼락에 붙여두었던 때 묻은 고약을 뜯어 꾹 눌러
붙이고는 다시 흰 삐르병(이것은 모르핀 한 대쯤 풀어
쓰기에 꼭 알맞은 병인데, 그는 언제든지 잘 간수하여
주사침과 함께 몸에 꼭 지니고 다녔다)에 냉수를 떠다
가 종이에 싸고싸고 또 싸서 다 해어진 지갑 속에나
그들이 흔히 잘하는 행티로 헌 궐련갑 속에 넣어두었던
모르핀 한 봉지를 꺼내어 조심스럽게 물에다 풀어가지
고 주사 침으로 빨아 올려 여기저기 살 좀 성한 곳을
찾아내어 한 대 쑥 찌르고는 그대로 담벼락에 기대고
앉아 산코를 드르렁드르렁 골고 있는 모양이며, 눈깔사
탕을 입에다 넣고 우물우물하기, 호콩 사다 까먹고 방
바닥 어질러놓기, 흘끔흘끔 곁눈질하여 가며 손 거친
짓하기, 금시에 어디서 돈더미도 인왕산만큼 얻어올 듯
이 어수선하게 희떠운 소리로 지껄이기, 기생 오입하
던, 하나도 그럴 듯도 싶지 않은 자랑하기. 나와 같이
있는 나이 어린 K군과 말다툼하기-이처럼 하는 짓과
꼴이 추하고 궁상스럽고 밉살머리스럽고, 게다가 엉큼
스럽기까지 하여 무어라고 한말로 형언할 수가 없었다.

그리고 사귄다는 친구라는 것은 하나 빼놓지 않고 모두가 아편장이였었다. 그들은 돈푼이나 있을 때에는 입에 든 것이라도 서로 나누어 먹을 듯이 형님 동생 하고 가장 정다운 듯이 지내다가도 한편에서 돈만 떨어지는 날이면 아편 한 대호 콩 한 조각이라도 막무가내로 주지 아니하는 것이 일반 행티다. 또 아편장이의 거짓말이란 참 엉터리가 없는 것이다. 칠복이만 하더라도 방금 침질을 하고 있는 것을 나한테 들켰으면서

"자네 무엇하나?"

하고 다지면 번연히 주사침을 주먹에다 쥐고 머리를 긁적긁적하다가

"아니야…… 내가 하기는 무얼."

하고 기막힌 웃음이 나올 만큼 시치미를 뚝 잡아떼었다. 제아무리 몸이 튼튼하고 마음이 얌전하다는 사람이라도 한번 아편에 중독이 되어 몇 해 지나고 나면 육체는 눈뜬 송장이 되고 행신은 개차반이 되어버리고 마는 것이다. 나는 최씨 부인에게 다섯 달이라야 그다지 길지도 아니하고 또 지금은 처음이라 그렇게 고생스럽지만 이제 좀더 지나면 차차 나아간다고 몇 마디위로를 하여 주고 돌아섰다. 그러나 그이는 여전히 그 자리

에 서서 울다가 생각하다가 한숨도 쉬며 탄식도 하면서 해가 저물어가는 줄을 몰랐다.

그날 최씨 부인은 면회를 하고 나서 간수 하나를 붙잡고

"제발 우리 칠복이 대신 나를 가두어 주던지 그렇지 아니하려거든 나를 이 자리에서 당장 죽여 달라."

고 한참이나 울며 승강이를 하다가 필경은 등을 밀려 쫓겨나서 "그러면 내일 또 와서 얼굴이라도 다시 보고 가겠다."

고 하고 겨우 돌아왔다고 P씨는 이야기를 하였다. 과연 그 이튿날 첫 새벽에 그이는 여러 사람의 만류하는 말도 듣지 아니하고 서대문 감옥으로 혼자 가서 간수와 실컷 승강이만 하고 돌아왔다.

이처럼 헛된 수고를 한 사흘 거푸 하더니 그만 지쳤던지 다시는 더 가지 아니하고 다만 P씨의 집에 있으면서 틈틈이 학생들 빨래도 빨아주고 가다가는 행상 같은 것도 하여 가며 이제 칠복이가 나온 뒤에 데리고 내려갈 차비를 푼푼이 주워 모았다. 그러다 두 달에 한 번씩 허락하는 면회를 하기 위하여 그날을 꼭 알아두었다가 첫새벽에 서대문 감옥으로 쫓아가기를 게을리 하

지 아니하였다.

이리 하는 동안에 최씨 부인에게는 일각이 삼추 같은 세월도 어김없이 흘러갔다.

지리한 여름도 소소한 가을도 다 지나고 음울한 듯한 겨울의 묵은해도 며칠 사이에 봄다운 듯한 양기로운 새해로 바뀌고 말았다. 나는 동절기 방학에 고향에 돌아갔다가 정초에 다시 올라와 보았더니 어저께 출옥하였다고 칠복이가 P씨의 집에 있었다. 그의 형상은 알아볼 수 없이 변하였었다. 그처럼 야위었던 그가 부숭부숭한 감옥살이 져서 매우 비대하여졌었다. 그 살로 해서 그의 납작한 빈대코는 더욱 파묻혔으나 평생에 자기의 앞길을 말하는 듯한 그의 세모진 눈은 조금 둥그스름하여 진 것 같았다. 그러나 어쩐지 아무 힘없이 보이는 누르텡한 그 부깃살과 길게 길렀던 머리를 빨갛게 깎은 민대가리며 무의식중에 무엇인지를 무서워하는 듯 꺼려하는 듯한 표정이나 몸짓이 이상스럽게도 감옥 냄새도 나고 딴 세상 사람인 듯도 싶었다. 그는 그의 어머니 손으로 헌 것이나마 깨끔하게 빤 두툼한 솜옷을 푸근히 입고 만사가 모두 마음이 놓이고 몸이 가뿐가뿐하다는 듯이 도리어 권태의 기분까지 생기는 듯이 이

방 저 방 학생들 있는 방으로 돌아다니며 감옥에서 지내던 이야기를 하였다.

그날 저녁에 나도 그를 일부러 청하여다 앉히고 몇 번째 되풀이하기 때문에 좀 싱거워하는 듯한 그의 감옥 생활담을 들었다. 그는 지지리 고생하던 일을 하나도 남기지 않고 모조리 이야기를 하였다. 다 듣고 나서 나는 그에게

"그래 그렇게 고생을 좀 해보니까 맘이 어떻던가? ……"

하고 물어보았다. 그는 감개는 무량하나 말은 궁한 듯이 여러 번 더듬더듬하다가 필경-그에게는 상당치 아니한 참된 표정과 열정적 어조로

"증말이지 기가 막히네…… 사실 말이지 내가 내 발등을 매번이나 찍을 생각을 했는지 모르겠네……그때 맨 첨에 나를 만나러 오셨을 때-우리 어머니 말씀이여-그 허시넌 말씀이며 그 형상이란 참…… 어쨌던 올라오실 때 차비가 모자라서 그 더운 폭양에 열흘이나 걸어서 겨우 평택이라도 가서 차를 타구 오셨다니까 그래 얼굴이 모다 타서 허물이 벗어지구…… 아이구…… 그때 증말 내 손에 칼이 있었으면 내가 내 손목을 똑 잘

라버렸을 거네…… 글쎄 세상에 나 하나만 믿고 살어가시던 어머니 한 분께 그런 고생을 다 허시게 허구…… 내 몸 망치구…… 삼십 년 동안을 가까이 두구 홀어머니 몸으루 이만큼 길러주시느라구는 약간 고생을 하셨나…… 참말이지 내가 벼락을 안 맞아 죽넌 게 이상해…… 그새 지난일은 생각만 해두 기가 막히네…… 어머니나 일가들은 고사허구라두 친구들 볼 낯이 없네……"

그는 한숨 한 번을 길이 내쉬더니 머리를 쳐들고 천장을 바라보며 무엇을 생각하는지 잠잠히 앉았었다. 약속 없는 침묵이 한참 동안 계속되었다. 얼마 후에 그는 다시 고개를 서서히 돌리며 침통한 어조로

아하 나두 인젠

" …… 삼십이 다 되어오구 어머니도 나날이 더 늙어가구…… 맘을 고쳐 먹어야겠네…… 아니…… 고쳐 먹어야 할 게 아니라 지금 당장에 고쳐 먹었네…… 증말이지 인젠 다시 살아난 듯 싶으네……"

그의 말소리는 애처로웠다. 그의 얼굴 표정과 언사에 비록 부자연한 점이 없는 것은 아니었으나 하여간 참된 참회의 빛이 나타났었다. 그래서 나는 그것이 일

시적인지 영구적인지를 생각해 볼 생각도 날 틈이 없이
-알지 못하는 사이에 흥분이 되어

　"참 잘 생각했네…… 그래야 헐 일이 아닌가…… 그
것이 결코 자네 어머님만을 위해서 그런 게 아니라 자
네 말대루 자네 나이두 벌써 스물아홉인지 서른인지나
되었으니까 자네 앞 일두 좀 생각해 보아야 않겠나……
자네가 인제 그렇게 맘을 고쳐 먹었다니까 별루 지난
일을 끄집어내어 가지구 이랬니 저랬니 헐 거야 없네
만, 시골에선 이렇게 말하너니…… 조상에게 죄짓고 부
모에게 죄 짓고 자손에게 죄 짓고 더 나가선 도덕에
법률에 사회에 민족에-가지가지 죄를 지어 세상에 용
납을 못할 놈은 아편쟁이라구……하여간 기뿌구 고맙
네…… 참 잘했네……"

　이처럼 나는 그에게 그가 비록 나이로는 몇 살 위였
으나 도리어 연하의 사람을 훈계하듯이 그러한 어조로
타일렀다. 그는 말없이 머리를 숙이고 감격한 뜻을 보
였다. 이상스럽게 열정의 기분을 띠고 잠깐 동안 침묵
이 계속되었다. 칠복의 말이라면 으레 시들하게 알고
언제든지 조롱의 태도를 가지던P군까지도 무추룸하고
묵묵히 앉았었다. 한참 만에 나는 다시

"그러면 어서 한시라두 바삐 어머님 모시구 시골로 내려가소…… 내려가서 농사를 짓던지 허다 못하면 남의 집 머슴살이라도 해서 인제 다 그런 걱정 좀 안허시게 하소…… 그러면 내일이라두 내려가게 되겠나?…… 차비나 어떻게 변통되구……"

"응…… 차비도 차비려니와 또…… 저…… 어따 저……"

하고 그는 그에게 고유한 눈짓으로 나를 흘끔 보며 계면쩍어하는 듯한 미소를 띠고 차마 말을 못하였다.

"무어여 무엇?"

하고 나는 준절히 물었다. 그는 역시 머뭇머뭇하다가 진실한 빛을 힘써 나타내며

"자네가 들으면 또 부앙 부앙한 소리라구 흉지 모르겠네만 아마 잘만 서둘면 수가 하나 생길 일이 있어서……"

"수? 수가 무슨 수여? 자네가 지금……"

어따 저 다른

"…… 게 아니라- 조원봉이란 사람을 저기(감옥) 있을 때 알았지-아즉 아무보구두 이런 말 허지 말소-그런디 그 사람이 어느 시골 부자-아주 토지가 썩 많은

부자 놈의 자식인디 제 아비가 돈을 잘 안 주어서 좀 몸뚱거려 가지구 물 건너루 뛸라구 떠들석 거리던 중이라나-하나를 끌어 올리다가 전만(錢萬)이나 소개해 주면 둘이서 적게 먹어두 천 원 하나씩은 먹게 될 터이니까 좀 안해 볼라냐구 그러데- 사실 내가 지금 맨손만 쥐구 시골루 내려간들 말뿐이지 무슨 별수가 있나? ……다행히 잘 되어서 전 천이나 생기면 그놈 가지구 시골루 내려가서 장사 낱이나 허구 그리느라면 내심평두 페잖겠다구…… 그런디 그 사람은 나보담 나흘인지 먼첨 나왔었넌디. 내가 나오던 날 거기(감옥)까지 일부러 왔데…… 그래서 여기 일은 모다 내가 주선해 놓기루 허구 자기넌 어제 밤차로 김제(金堤)루 내려갔으니까 아마 모레나 글피쯤은 올라오겠지…… 아닌 게 아니라 사람은 참 똑똑허데…… 법률두 잘 알구…… 그리구 간수 놈들을 마구 해내넌 걸 보면 무섭단 말이여…… 하여간 이번 일만 잘 되면 수가 생기네…… 내일은 동막을 가서 전주(錢主)나 좀 찾어보구……"

그는 장차에 올 성공을 미리 즐기는 듯이 빙그레 웃었다. 나는 그의 말을 모두 아니 믿을 수가 없었다. 그리고 그의 성공을 암축하였다. 마침 방문이 살그머니

열리며 최씨 부인이 고개를 반쯤 내밀고 방안을 살펴보며

"칠복이 여기 있냐?"

그이의 말소리와 기거 행동은 언제든지 조용하고 조심스러웠다. 의복도 좀 깨끗한 것을 입고 얼굴에는 다소간 안심과 기쁜 빛이 떠돌았다. 그러나 깊은 수심과 불안의 그림자는 여전히 그 얼굴의 어느 구석엔지 자리를 잡고 사라지지를 아니하였다. 그이는 조용히 들어와 방구석에 가 사리고 앉아서 칠복의 범연한 얼굴을 자애 깊은 눈으로 바라보며

"너허구 나허구 내리가넌디 찻삯이 을매나 드냐?"

하고 물었다. 칠복은 잠깐 동안 까막까막하다가

"팔 원만 있으면 되야요…… 웨 그러세요?"

"팔 원이면 마흔 냥이지?"

"예……"

그이는 손가락을 꼽아가며 한참 동안 무엇을 생각하더니, 새까맣게 때가 묻은 주머니로부터 싸고 싸고 한 종이뭉치 하나를 꺼내 들고 펴기 시작하였다. 나는 '돈이겠지'하고 생각하였다. 과연 그이는 그 속에서 여남은 장이나 되는 일원짜리 지폐를 펴들고 한 장씩 한

장씨 손끝에 침을 묻혀가며 세어보더니 그중에 한 장을 따로 집어 칠복을 주며

어따 이놈으루

"- 담배나 사먹어라 - 여그 마흔 닷냥(九圓) 남은 놈으루 찻삯 허구 가다가 벤또라던가 점심이라던가 사먹구 그러자……"

칠복은 그 돈 일 원을 시쁘다는 듯이 집어넣고 나서 그래도 내가 자기를 비웃지나 아니하나 하는 눈치를 보려는 듯이 피슥 웃으며 나를 바라보았다.

그이는 다시

"내일 새벽차 타구 내리가자…… 늦인 차(急行)는 돈 더 주어야 헌다더라……"

"그리 급허잖어니 메칠 더 기다리세요."

하고 칠복은 '노인네들은 남의 속도 모르고 다 저런다'는 듯이 나를 바라보며 웃었다.

"아이고 야야 메칠이 다 무엇이냐…… 어서 내리가 장개……이 집(P씨)두려런 살림에 딴 식구 둘이나 두구 멕이기 심 안 들겄냐…… 제일 염치없어 못 있겄다……"

"글씨 어따 걱정 말으세요…… 다 되는 수가 있답니

다."

"아이구 나두 모르겠다…… 너두 사람인디 또 그렇게 이 늙은 어미 속을탤라더냐……"

그는 더 말하지 아니하고 그대로 안으로 들어가 버리고 말았다. 그리하여칠복은 그 소위 '수'가 생기기까지 서울서 머물러 있기로 하고 매일 조원봉이가 올라오기만 고대하였다. 그러나 모레쯤 올라온다던 조가는 한번 간 후로 함흥차사가 되어버리고 말았는지 아무 소식도 없었다. 칠복은 매일 동막을 가네. 마포를 가네. 하고 나가 돌아다니다가 해가 저문 뒤에 들어와서는"여기 일은 다 되었는데 이 사람이 웬일이야!"

하고 걱정을 하며 몹시 조민하였다. 이처럼 이렁저렁하는 동안에 한 달이란 세월이 흘러갔다. 그동안에 최씨 부인의 주머니 속에 든 돈 구 원은 그의 담뱃값, 군것질, 활동사진 구경, 설렁탕, 전차 삯으로 매일 일 원씩 오십 전씩 사실 다 없어지고 말았다.

그의 어머니는 그의 그림자와 같이 그의 주위를 충실하게 따라다니며 일절생활의 모든 것을 아리 탑탑하게 보살펴 주었다.

산천은 고금동이요 인심은 조석변이라더니 변하기

쉬운 것은 사람의 마음이다. 최씨 부인의 기대하던 보람도 없이 다섯 달 동안의 옥중 생활과 출옥후의 참된 참회와 굳은 결심의 효과도 없이 칠복은 다시 변하고 말았다. 하루는 그의 어머니의 주머니 속에서 마지막 떨이로 일 원 남은 것을 가져가는 것을 나는 보았다. 그는 군것질도 아니하고 담배도 사지 아니하고 아침에 잠깐 나갔다가 곧 돌아왔을 뿐인데 바로 그 이튿날 그는 나에게서 돈 일원을 취하여 갔다 나는 . 좀 마음에 걸렸으나 그대로 두고 보았다. 그러한지 사흘 되는 날 아침에 나와 같이 있는 K군이 지갑 속에 들어 있는 돈 삼원-오 원 속에서-을 누가 꺼내갔다고 두덜두덜하였다. 그 안날 밤에 그 방에서 잔 사람은 K군과 칠복이와 나뿐이었었다. 나는 묻지 않고라도 칠복의소위인 줄을 알았지만 그대로 아무 말 없이 씻어 덮어버리도록 하였다. 이삼일 후에는 내 지갑 속에서 돈이 몇 원 축이 났다.

또 며칠 후에는 주인집 밥탕기가 두어 개나 없어졌다. 또 얼마 후에는 무엇이 없어지고 누구는 지갑을 잃어버리고 외투를 잃어버리고 하였다. 그는 이처럼 절제-아편 장이게 절제(節制)란 말이 우습지만-없는 주사질로 인하여서 다시 시작한 지 불과 한 달이 못되어 모르핀 중독자가 되어버렸다. 그는 자기 말로 둔종이 났노라고 어기죽어기죽하고 다니다가 내가 손 다친 곳에 요오드포름을 발라서 잘 낫는 것을 보고 생판에 그것을 갈아다가 밥풀에 이겨서 종처에다 붙이고 다녔다. 그리고 가다가 돈은 없고 모르핀은 떨어지고 하면 그 세모진 눈을 뒤집어쓰고 돈을 얻으러 모르핀을 사러 그 알량스런 두루마기와 모자를 잡히려 헤매고 돌아다녔다.

그리하다가 그도 저도 못하고 몸에 인기가 돌기 시작하면 하루거리 앓는 놈이 직 돌아온 것처럼 입술이 새파래지고 부들부들 떨며 이불을 무릅쓰고 누워서 배가 아프네 가슴이 아프네 죽네 사네 하며 그대로 내버려두면 곧 죽기라도 할 듯이 졸경을 치렀다.

이러할 때마다 그의 속을 잘 아는 그의 어머니는 눈물을 비죽비죽 흘리고 돌아다니며 기어코 단돈 이삼십 전이라도 어떻게 해서든지 변통하려다가 그를 주었다. 그는 그것을 가지고 불불 떨며 웅숭스리고 슬슬 기어서 어디론지 갔다가 얼굴에 좀 산 빛을 띠어 가지고 원기 있게 걸어 들어오고 하였다. 그러하다가도 어느 때에는 며칠씩 지갑 속에 지폐장이나 불룩불룩하게 들고 모르핀도 넉넉히 사다 쓰며 군것질도 한층 올라 눈깔사탕이나 과실붙이로 하였다.

그러한 것을 볼 때마다 나는'그러면 그렇지…… 또 어디 가서 무엇 하나 슬쩍…… 전당포……'

하고 이렇게 그의 돈 생기는 경로를 연상하였다. 그의 형상은 다시 전 모양-아니 그 전보다 더 한층 심하게 변하여 버리고 말았다.

그 누렇게 피가 밭고 기름기 빠진 쭈글쭈글한 가죽과 가시 같은 뼈다귀며 우부숙하게 길어난 머리털과 앙상한 얼굴에 푹 가라앉은 높어 앉은 눈 언덕이며 더욱이 그 십리나 들어간 눈을 딱 감고 숨소리도 없이 쭉 뻗고 누웠는 모양은 누가 보든지 죽은 송장이라고 않지 못할 만하였다.

풍족한 '성적(性的) 만족의 욕망을 위하여의 것'에게 도리어 중독이 되어-아편이나 모르핀 주사를 하게 되는 동기가 달리도 또 있지만-필경은 성적 기능이 쇠퇴되어 버리는 것과 같이 칠복이도 역시 성적 방면에는 무관심이었었다.

그는 상처를 한 후로 아직 장가도 들지 아니하였으려니와 혹 그가 장가를 든다 하면-그는 그러할 의사도 없지만 그의 어머니는 그를 장가를 들이지 못하여 무한 애를 썼었다 -그것은 절대로 무의미한 노릇일 것이다. 이렇게 되고 난즉

"그 따윗 자식은 뒈지거나 말거나 내버려 두지 않고 옴탁옴탁가축을 하여 준다"

최씨 부인까지 주위 사람들의 동정을 잃고 미움을 받게 되었었다. 그러나 그이가 속조차 없는 것은 아니었다. 혼자 앉으면 오장육부가 바스러지도록 속을 태우고 눈병이 나도록 울고 '에라 이까진 세상 죽어나 버리겠다'던가 '에라 자식이 아니라 전생의 원수. 죽든 살든 나는 모른다. 나는 나 갈 데로 간다'라고 결심을 하고서 그 칠복의 '그 얼굴'을 한번 보면 그이의 눈에서는 그만 눈물, 애처로와 하는 눈물이 비 오듯이 쏟아지며 그 눈물에 먹었던 결심은 눈 긁듯이 풀려버리고 다만 가슴만 죽도록 안타까울 뿐이었었다. 이것이 지극한 '어머니의 자애' '절대의사랑' 이다.

두 달 동안을 두고 눈이 빠지도록 기다리던 조원봉이는 삼월이 거의 지날 때야 올라왔다. 그 소위 토지 잡히고 돈 쓴다는 김제 부자도 물론 같이 올라왔다. 그러한 중에 있던 칠복이는 갑자기 하늘이라도 올라갈 듯

이 신이 나서 그 모양새를 하여가지고 이리 갔다 저리 갔다 하며 며칠 동안 분주히 돌아다녔다. 하루는 칠복이가 빙글빙글 웃고 돌아오는 것을 보고 나는

"그 일은 어떻게 잘 되어가나? …… 자네 덕분에 생전 못 가볼 명월관 구경이나 한번 허넌가버이……"

"아무렴…… 잘 되다뿐인가…… 다 되었네 다 되야…… 모레가 돈 건넬 날일세 모레…… 요새 좀 있으면 사구라 피구…… 그 자동차에다 기생 떠싣고 우이동으로 뿅 돌아가서…… 응응…… 척 그런단 말이여, 어험……"

그는 내가 비꼬는 말도 알지 못하고 혼자 신이 나서 한참이나 무어라고 너절하게 늘어놓더니 자기 어머니와 무어라고 몇 마디하고는-모레 온다고 묻지도 아니한 말을 당부하듯이 하고 그대로 또 나가버렸다. 나가서는 영영 돌아오지 아니하였다. 바로 그 이튿날 저녁때였었다. 나는 저녁을 먹고 나서 마침 배달하여 주는 ××신문에서 다음과 같은 기사를 읽었다.

제목은 '자칭 부호의 사기단'이라 하고 그 옆에 다시 '멀쩡한 부자패들 없는 토지를' '잡히려'라고 주(註)를 내고 사실에는

"전북 김제군××면 ××리에 사는 김××와 같은 주소의 사기 전과자 조원봉과 모르핀중독자요 절도 전과자인 원적을 전북 군산에 두고 현재 주소가 일정치 못한 박칠복 이 삼 인은 위조문서를 가지고 막대한 금전을 사기하려 다가 사실이 발각되어 방금 종로서에서 인치 취조중이라 하며, 특히 전기 삼 인 중에 박칠복이라는 자는 지난 일월 이후로 시내의 각 큰 상점에서 빈번히 피해를 당하던 절도사건의 유력한 혐의자로서 신체검사를 한 결과 수십여 장의 귀금속과 기타 값 많은 물건을 잡힌 전당표를 발견하고 또 자백까지 있으므로 불일간 일건 서류와 같이 검사국으로 넘긴다더라."

하는 것이었었다.

봄은 돌아왔다. 대자연은 자애의 옷을 입고 곱게 곱게 너그러이 춤추는 밑에서 모든 생물들도 웃으며 노래 부르며 춤을 춘다.

그러나 이러한 것으로도 능히 그 비애를 나누지 못하는지 인왕산 밑에 따로 이 한 세상을 벌여가지고 우중충히 서 있는 서대문 감옥의 귀먹은 듯이 굳이 닫친 철문을 야윈 두 주먹으로 힘없이 두드리며

"칠복아!…… 칠복아!"

라고 구슬피 부르짖으며 애달피도 우는 늙은 부인이 있었다. 바로 그 감옥 속에서 또다시 누렁옷 입고 쇠사슬에 얽매여 아편에 주려서 빈사의 지경에 이른 칠복은 이 소리를 듣는지 못 듣는지!

제04편. 산골 나그네

밤이 깊어도 술꾼은 역시들지 않는다. 메주 뜨는 냄새와 같이 쾨쾨한 냄새로 방 안은 괴괴하다. 위 칸에서는 쥐들이 찍찍거린다. 홀어머니는 쪽 떨어진 화로를 끼고 앉아서 쓸쓸한 대로 곰곰 생각에 젖는다. 가뜩이나 침침한 반짝 등불이 북쪽 지게문에 뚫린 구멍으로 새 드는 바람에 반득이며 빛을 잃는다. 헌 버선 짝으로 구멍을 틀어막는다. 그러고 등잔 밑으로 반짇그릇을 끌어당기며 시름없이 바늘을 집어 든다.

산골의 가을은 왜 이리 고적할까! 앞뒤 울타리에서 부스스 하고 떡잎은 진다. 바로 그것이 귀밑에서 들리는 듯 나직나직 속삭인다. 더욱 몹쓸 건 물소리, 골을 휘돌아 맑은 샘은 흘러내리고 야릇하게도 음률을 읊는다.

퐁! 퐁! 퐁! 쪼록 퐁!

바깥에서 신발 소리가 자작자작 들린다. 귀가 번쩍

띄어 그는 방문을 가볍게 열어젖힌다. 머리를 내밀며,

"덕돌이냐?"

하고 반겼으나 잠잠하다. 앞뜰 건너편 수폭을 감돌아 싸늘한 바람이 낙엽을 뿌리며 얼굴에 부딪친다. 용마루가 생생운다. 모진 바람 소리에 놀라 멀리서 밤개가 요란히 짖는다.

"쥔 어른 계셔유?"

몸을 돌리어 바느질거리를 다시 들려 할 제 이번에는 짜장 인기가 난다.

황급하게

"누구유?"

하고 일어서며 문을 열어보았다.

"왜 그리유?"

처음 보는 아낙네가 마루 끝에 와 섰다. 달빛에 비끼어 검붉은 얼굴이 해쓱하다. 추운 모양이다. 그는 한 손으로 머리에 둘렀던 왜 수건을 벗어들고는 다른 손으로 흩어진 머리칼을 싸 담아 올리며 수줍은 듯이 쭈뼛쭈뼛한다.

"저어, 하룻밤만 드새고 가게 해주세유."

남정네도 아닌데 이 밤중에 웬일인가, 맨발에 짚신

짝으로. 그야 아무렇든,

"어서 들어와 불 쬐게유."

나그네는 주춤주춤 방 안으로 들어와서 화로 곁에 도사려 앉는다. 낡은 치맛자락 위로 비어지려는 속살을 아물리자 허리를 지그시 튼다. 그리고는 묵묵하다. 주인은 물끄러미 보고 있다가 밥을 좀 주려느냐고 물어보아도 잠자코 있다.

그러나 먹던 대궁을 주워 모아 짠지 쪽하고 갖다 주니 감지덕지 받는다. 그리고 물 한 모금 마심 없이 잠깐 동안에 밥그릇의 밑바닥을 긁는다.

밥숟가락을 놓기가 무섭게 주인은 이야기를 붙이기 시작하였다. 미주알고주알 물어보니 이야기는 지수가 없다. 자기로도 너무 지쳐 물은 듯싶은 만치 대구 추근거렸다. 나그네는 싫단 기색도 좋단 기색도 별로 없이 시나브로 대꾸하였다.

남편 없고 몸 붙일 곳 없다는 것을 간단히 말하고 난 뒤,

"이리저리 얻어먹고 단게유"

하고 턱을 가슴에 묻는다.

첫닭이 홰를 칠 때 그제야 마을갔던 덕돌이가 돌아

온다. 문을 열고 감사나운(억세게 사나운) 머리를 디밀려다 낯선 아낙네를 보고 눈이 휘둥그렇게 주춤한다. 열린 눈으로 억센 바람이 몰아 들며 방 안이 캄캄하다. 주인은 문 앞으로 걸어와 서며 덕돌이의 등을 투덕거린다. 젊은 여자 자는 방에서 떠꺼머리 총각을 재우는 건 상서롭지 못한 일이었다.

"얘 덕돌아, 오늘은 마을 가서 자고 아침에 온."

가을 할 때가 지었으니 돈냥이나 좋이 퍼질 때도 되었다. 그 돈들이 어디로 몰리는지 이 술집에서는 좀체 돈맛을 못 본다. 술을 판대야 한 초롱에 50~60전 떨어진다. 그 한 초롱을 잘 판대도 사나흘씩이나 걸리는 걸 요새 같아선 그 잘 양한(알량한) 술꾼까지 씨가 말랐다. 어쩌다 전날에 펴놓았던 외상값도 갓 갖다 줄 줄을 모른다. 홀어미는 열벙거지가 나서 이른 아침부터 돈을 받으러 돌아다녔다. 그러나 다리품을 들인 보람도 없었다. 낼 사람이 즐겨야 할 텐데 우물쭈물하며 한단 소리가 좀 두고 보자는 것이 고작이었다. 그렇다고 안 갈 수도 없는 노릇이다. 나날이 양식은 딸리고 지점 집에서 집행을 하느니 뭘 하느니 독촉이 어지간지 안음에랴……

"저도 인젠 떠나겠세유."

그가 조반 후 나들이옷을 바꾸어 입고 나서니 나그네도 따라 일어서다 그의 손을 잔상이 붙잡으며 주인은,

"고달플 테니 며칠 더 쉬어가게유."

하였으나,

"가야지유, 너무 오래 신세를······."

"그런 염려는 말구"

라고 누르며 집 지켜주는 셈 치고 방에 누웠을라, 하고는 집을 나섰다.

백두고개를 넘어서 아말로 들어가 해동갑으로 헤맸다. 혜실수로 간 곳도 있기야 하지만 맑았다. 해가 지고 어두울 녘에야 그는 홀부들해서 돌아왔다. 좁쌀 닷 되밖에는 못 받았다. 다른 사람들은 돈 낼 생각은커녕 이러면 다시 술 안 먹겠다고 도리어 얼러 보냈던 것이다. 그러나 이만도 다행이다. 아주 못 받느니보다는 끼니때 가지었다. 그는 좁쌀을 씻고 나그네는 솥에 불을 지피어 부랴사랴 밥을 짓고 일변 상을 보았다.

밥들을 먹고 나서 앉았으려니까 갑자기 술꾼이 몰려든다. 이거 웬일인가. 처음에는 하나가 오더니 다음에

는 세 사람, 또 두 사람. 모두 젊은 축 들이다. 그러나 각각들 먹일 방이 없으므로 주인은 좀 망설이다가 그 연유를 말하였으나 뭐 한 동리 사람인데 어떠냐, 한데서 먹게 해달라는 바람에 얼씨구나 하였다. 이제야 운이 트이나 보다. 양푼에 막걸리를 떨구고 나그네에게 주어 솥에 넣고 좀 속히 데워 달라 하였다. 자기는 치마꼬리를 휘둘러가며 잽싸게 안주를 장만한다. 짠지, 동치미, 고추장, 특별 안주로 삶은 밤도 놓았다. 사촌 동생이 맛보라고 며칠 전에 갖다 준 것을 아껴둔 것이었다.

방 안은 떠들썩하다. 벽을 두드리며 〈아리랑〉 찾는 놈에, 건으로 너털웃음 치는 놈, 혹은 수군숙덕 하는 놈 - 가지각색이다. 주인이 술상을 받쳐 들고 들어가니 짜기나 한 듯이 일제히 자리를 바로잡는다. 그중에 얼굴 넓적한 하이칼라 머리가 야리어서 상을 받으며 주인 귀에다 입을 비켜 대인다.

"아주머니 젊은 갈보 사왔다유? 보여주게유."

영문 모를 소문도 다 듣는다.

"갈보라니 웬 갈보?" 하고 어리벙벙하다 생각을 하니 턱없는 소리는 아니다. 눈치 있게 부엌으로 내려가서 보강치 앞에 웅크리고 있는 나그네의 머리를 은근히 끌어안았다. 자, 저 패들이 새댁을 갈보로 횡보고 찾아온 맥이다. 물론 새댁 편으론 망측스러운 일이겠지만 달포나 손님의 그림자가 드물던 우리 집으로 보면 재수의 빗발이다. 술국을 잡는다고 어디가 떨어지는 게 아니요, 욕이 아니니 나를 보아 오늘만 좀 팔아주기 바란다 - 이런 의미를 곰살궂게 간곡히 말하였다. 나그네의 낯은 별반 변함이 없다. 늘 한 양으로 예사로이 승낙하였다.

술이 온몸에 돌고 나서야 뒷술이 잔풀이가 난다. 한 잔에 5전, 그저 마시긴 아깝다. 얼군한 상투박이가 계집의 손목을 탁 잡아 앞으로 끌어당기며,

"권주가 좀 해. 이건 꿰어온 보릿자룬가."

"권주가? 뭐야유?"

"권주가? 아 갈보가 권주가도 모르나. 으하하하."

하고는 무안에 취하여 푹 숙인 계집 뺨에다 꺼칠꺼칠한 턱을 문질러본다. 소리를 암만 시켜도 아랫입술을 깨물고는 고개만 기울일 뿐 소리는 못듣나보다. 그러나 노래 못하는 꽃도 좋다. 계집은 영 내리는 대로 이 무릎 저 무릎으로 옮아앉으며 턱밑에다 술잔을 받쳐 올린

다.

술들이 담뿍 취하였다. 두 사람은 곯아져서 코를 곤다. 계집이 컬러 머리 무릎 위에 앉아 담배를 피워 올릴 때 코웃음을 흥 치더니 그 무지스러운 손이 계집의 아래 뱃가죽을 사양 없이 움켜잡았다.

별안간

"아야"

하고 퍼들껑하더니 계집의 몸뚱어리가 공중으로 도로 뛰어오르다 떨어진다.

"이 자식아, 너만 돈 내고 먹었니?"

한 사람 새 두고 앉았던 상투가 콧살을 찌푸린다. 그리고 맨발 벗은 계집의 두 발을 양손에 붙잡고 가랑이를 쩍 벌려 무릎 위로 지르르 끌어올린다. 계집은 앙탈한다. 눈시울에 눈물이 엉기더니 불현듯이 쪼록 쏟아진다.

방 안에서 왱마가리 소리가 끓어오른다.

"저 잡놈 보게, 으하하하."

술은 연실 데워서 들여가면서도 주인은 불안하여 마음을 졸였다. 겨우 마음을 놓은 것은 훨씬 밝아서다.

참새들은 소란하게 지저귄다. 지직 바닥이 부스럼

자국보다 진배없다. 술, 짠지쪽, 가래침, 담뱃재 – 뭣해 너저분하다. 우선 한 길치에 자리를 잡고 계배를 대 보았다. 마수걸이가 85전, 외상이 2원 각수다. 현금 85전, 두 손에 들고 앉아 세고 또 세어보고…….

뜰에서는 나그네의 혀로 끌어올리는 인사.

"안녕히 가십시게유."

"입이나 좀 맞히고 뽀! 뽀! 보!"

"나두."

찌르쿵! 찌르쿵! 찔거러쿵!

"방아머리가 무겁지유? ……고만 까부를까."

"들 익었세유, 더 찧어야지유."

"그런데 애는 어쩐 일이야……."

덕돌이를 읍에 보냈는데 날이 저물어도 여태 오지 않는다. 흩어진 좁쌀을 확에 쓸어 넣으며 홀어미는 퍽이나 애를 태운다. 요새 날치가 차지니까 늑대, 호랑이가 차자 마을로 찾아 내린다. 밤길에 고개 같은 데서 만나면 끽소리도 못하고 욕을 당한다.

나그네가 방아를 괘놓고 내려와서 키로 확의 좁쌀을 담아 올린다. 주인은 그 머리를 쓰다듬고 자기의 행주치마를 벗어서 그 위에 씌워준다. 계집의 나이 열아홉이면 활짝 필 때이건만 버케된 머리칼이며 야윈 얼굴이며 벌써부터 외양이 시들어간다. 아마 고생을 진한 탓이리라.

날씬한 허리를 재빨리 놀려가며 일이 끊일 새 없이 다부지게 덤벼드는 그를 볼 때 주인은 지극히 사랑스러웠다. 그리고 일변 측은도 하였다. 뭣하면 딸과 같이 자기 곁에서 길래 살아주었으면 상팔자일 듯싶었다. 그럴 수 있다면 그 소 한 마리와 바꾼대도 이것만은 안 내놓으리라고 생각도 하였다.

아들만 데리고 홀어미의 생활은 무던히 호젓하였다. 그런데 다 동리에서는 속 모르는 소리까지 한다. 떠꺼머리총각을 그냥 늙힐 테냐고. 그러나 형세가 부치므로 감히 엄두도 못 내다가 겨우 올 봄에서야 다붙어 서둘게 되었다. 의외로 일은 손쉽게 되었다. 이리저리 언론이 돌더니 남촌 산에 사는 어느 집 둘째 딸과 혼약하였다. 일부러 홀어미는 40리 길이나 걸어서 색시의 손등을 문질러보고는,

"참 애기 잘도 생겼세!"

좋아서 사돈에게 칭찬을 뇌고 뇌곤 하였다.

그런데 없는 살림에 빚을 얻어가며 혼수를 다 꿰매

놓은 뒤였다. 혼인날을 불과 이틀 격해놓고 일이 고만 빛났다. 처음에야 그런 말이 없더니 난데없는 선채금 30원을 가져오란다. 남의 돈 3원과 집의 돈 5원으로 거추꾼에게 품삯 노비 주고 혼수하고 단지 2원 - 잔치에 쓸 것밖에 안 남고 보니 30원이란 입내도 못 낼 소리다. 그 밤, 그는 이리 뒤척 저리 뒤척 넋 잃은 팔을 던져가며 통밤을 새웠던 것이다.

"어머님! 진지 잡수세유."

새댁에게 이런 소리를 듣는다면 끔찍이 귀여우리라. 이것이 단 하나의 그의 소원이었다.

"다리 아프지유? 너머 일만 시켜서……."

주인은 저녁 좁쌀을 쓸어다가 방아다리에 깝신대는 나그네를 걸쌈스럽게 쳐다본다. 방아가 무거워서 껍적이며 잘 오르지 않는다. 가냘픈 몸이라 상혈이 되어 두 볼이 새빨갛게 색색거린다. 치마도 치마려니와 명지저고리는 어찌 삭았는지 어깨가 손바닥만 하게 척 나갔다. 그러나 덕돌이가 왜포 다섯 자를 바꿔오거든 첫 대사발 화통된 속곳부터 해 입히고 차차 할 수밖엔 없다.

"같이 찧읍시다유."

주인도 남저지 방아다리에 올라섰다. 그리고 찌경

위에 놓은 나그네의 손을 눈치 안 채게 살며시 쥐어보았다. 더도 덜도 말고 그저 요만한 며느리만 얻어도 좋으련만! 나그네와 눈이 그만 마주치자 그는 열적어서 시선을 돌렸다.

"퍽도 쓸쓸하지유?"

하며 손으로 울 밖을 가리킨다. 첫 밤 같은 석양 판이다. 색동저고리를 떨쳐입고 산들은 거방진 방아 소리를 은은히 전한다. 찔그러쿵! 찌러쿵!

그는 나그네를 금덩이같이 위하였다. 없는 대로 자기의 옷가지도 서로서로 별러 입었다. 그리고 잘 때에는 딸과 진배없이 이불 속에서 품에 꼭 품고 재우곤 하였다. 하지만 자기의 은근한 속심은 차마 입에 드러내어 말은 못 건넸다. 잘 들어주면 이거니와 뭣하게 안다면 피차의 낯이 뜨듯한 일이었다.

그러자 맘먹지 않았던 우연한 일로 인하여 마침내 기회를 얻게 되었다. 나그네가 온 지 나흘 되던 일이었다. 거문관이 산기슭에 있는 영길네가 벼 방아를 좀 와서 찧어달라고 한다. 나그네는 줄밤을 새우므로 낮에나 푸근히 자라고 두고 그는 홀로 집을 나섰다.

머리에 겨를 뽀얗게 쓰고 맥이 풀려서 집에 돌아온

것인 이럭저럭 으스레하였다. 늙은 다리를 끌고 뜰 앞으로 향하다가 그는 주춤하였다. 나그네 홀로 자는 방에 덕돌이가 들어갈 리 만무한데 정녕코 그놈일 게다. 마루 끝에 자그마한 나그네의 짚세기가 놓인 그 옆으로 질 목채 벗은 왕달짚세기가 와살스럽게 놓였다. 그리고 방에서는 수군수군 낮은 말소리가 흘러져 나온다. 그는 무심코 닫은 방문께로 귀를 기울였다.

"그럼 와 그러는 게유? 우리 집이 굶을까봐 그리시유?"

"……."

"어머니도 사람은 좋아유…… 올해 잘만 하면 내년에는 소 한 마리 사놀 게구, 농사만 해도 한 해에 쌀 넉 섬, 조 엿 섬, 그만하면 고만이지유…… 내가 싫은 게유?"

"……."

"사내가 죽었으니 아무튼 얻을 데지유?"

옷 터지는 소리. 부스럭거린다.

"아이! 아이! 아이! 참! 이거 노세유."

쥐 죽은 듯이 감감하다. 허공에 아롱거리는 낙엽을 이윽히 바라보며 그는 빙그레한다. 신발 소리를 죽이고 뜰 밖으로 다시 돌아섰다.

저녁상을 물린 후 시치미를 딱 떼고 나그네의 기색을 살펴보다가 입을 열었다.

"젊은 아낙네가 홑몸으로 돌아다닌대두 고상일 게유. 또 어차피 사내는⋯⋯."

여기서부터 사리에 맞도록 이 말 저 말을 주섬주섬 꺼내오다가 나의 며느리가 되어줌이 어떻겠냐고 꽉 토파를 지었다. 치마를 흡싸고 앉아 갸웃이 듣고 있던 나그네는 치마끈을 깨물며 이마를 떨어뜨린다. 그리고는 두 볼이 빨개진다. 젊은 계집이 나 시집가겠소, 하고 누가 나서랴. 이만하면 합의한 거나 틀림없을 것이다.

혼수는 전에 해둔 것이 있으니 한시름 잊었다. 그대로 이양이나 고쳐서 입히면 고만이다. 돈 2원은 은비녀, 은가락지 사다가 각별히 색시한테 선물 내리고⋯⋯.

일은 밀수록 낭패가 많다. 급시로 날을 받아서 대례를 치렀다. 한편에서는 국수를 누른다. 잔치 보러온 아낙네들은 국수 그릇을 얼른 받아서 후룩후룩 들여 마시며 색시 잘났다고 추었다.

주인은 즐거움에 너무 겨워서 축배를 은근히 들었

다. 여간 경사가 아니다. 뭇 사람을 비집고 안팎으로 드나들며 분부하기에 손이 돌지 않는다.

"얘 메누라! 국수 한 그릇 더 가져온."

어째 말이 좀 어색하구먼…… 다시 한 번,

"메누라 얘야! 얼른 가져와."

서른을 바라보자 동곳을 찔러보니 제물에 멋이 질려 비드름하다. 덕돌이는 첫날을 치르고 부썩부썩 기운이 난다. 남이 두 단을 털 제면 그의 볏단은 석 단째 풀쳐 나간다. 연방 손바닥에 침을 뱉어 붙이며 어깨를 으쓱거린다.

"끅! 끅! 끌! 찍어라. 굴려라, 끅! 끅!"

동무의 품앗이 일이다. 거무투룩한 젊은 농군 댓이 볏단을 번차례로 집어 든다. 열에 뜬 사람 같이 식식거리며 세차게 벼알을 절구통 배에서 주룩주룩 흘러내린다.

"얘! 장가들고 한턱 안 내니?"

"일색이드라. 단단히 먹자. 닭이냐? 술이냐? 국수냐?"

"웬 국수는? 너는 국수만 아느냐?"

저희끼리 찧고 까분다. 그들은 일을 놓으며 웃깃으

로 땀을 씻는다. 골바람이 벼깔치를 부옇게 풍긴다. 옆 산에서 푸드득 하고 꿩이 날으며 머리 위를 지나간다. 갈퀴질을 하던 얼굴 넓적이가 갈퀴를 들고 씽급하더니 달려든다. 장난꾼이다. 여러 사람의 힘을 빌리어 덕돌이 입에다 헌 짚신 짝을 물린다. 버들껑거린다. 다시 양 귀를 두 손에 잔뜩 움켜잡고 끌고 와서는 털이 놓인 벼 무더기 위에 머리를 틀어박으며 동서남북으로 큰절을 시킨다.

"야아! 야아! 아!"

"아니다, 아니야. 장갈 갔으면 산신령한테 이러하다고 말이 있어야지. 괜스레 산신령이 노하면 눈깔망난이 내려보낸다."

뭇 웃음이 터져오른다. 새신랑의 옷이 이게 뭐냐. 볼기짝에 구멍이 다 뚫리고…… 빈정대는 사람도 있다. 그러나 덕돌이는 상투의 먼데기를 털고 나서 곰방대를 피어 물고는 싱그레 웃어치운다. 좋은 옷은 집에 두었다. 인조견 조끼, 저고리, 새하얀 옥당목 겹바지, 그러나 아끼는 것이다. 일할 때엔 헌 옷을 입고 집에 돌아와 쉬일 참에나 입는다. 잘 때에는 모조리 벗어서 더럽지 않게 착착 개어 머리맡 위에 놓고 자곤 한다. 의복이 남루하면 인상이 추하다. 모처럼 얻은 귀여운 아내니 행여나 마음이 돌아앉을까 미리미리 사려두지 않을 수도 없는 노릇이다. 그야말로 29년 만에 누런 이 조각에다 이제야 소금을 발라본 것도 이 까닭이었다.

덕돌이가 볏단을 다시 집어 올릴 제 그 이웃에 사는 돌쇠가 옆으로 와서 품을 앗는다.

"얘 덕돌아! 어 내일 우리 조마댕이 좀 해줄래?"

"뭐 어째?" 하고 소리를 뻑 지르고는 그는 눈귀가 실룩하였다.

"누구보고 해라야? 응? 이 자식 까놀라."

어제까지는 턱없이 지냈단 대도 오늘의 상투를 못 보는가!

바로 그날이었다. 위 칸에서 혼자 새우잠을 자고 있던 홀어미는 놀래어 눈이 번쩍 띄었다. 만뢰 잠잠한 밤중이다.

"어머니! 그거 달아났세유. 내 옷도 없구……."

"응?" 하고 반 마디 소리를 치며 얼떨 김에 그는 캄캄한 방 안을 더듬어 아랫간으로 넘어섰다. 황망히 등잔에 불을 대리며,

"그래 어디로 갔단 말이냐?"

영산이 나서 묻는다. 아들은 벌거벗은 채 이불로 앞을 가리고 앉아서 징징거린다. 옆 자리에는 빈 배게뿐 사람은 간 곳이 없다. 들어본즉 온종일 일하기에 피곤하여 아들은 자리에 들자 그만 세상을 잊었다. 하기야 그때 아내도 옷을 벗고 한자리에 누워서 맞붙어 잤던 것이다. 그는 보통 때와 조금도 다름없이 새침하니 드러누워서 천장만 쳐다보았다. 그런데 자다가 별안간 오줌이 마렵기에 요강을 좀 집어 달래려고 보니 뜻밖에 품 안이 허룩하다. 불러보아도 대답이 없다. 그제서는 으레 짐작으로 우선 머리맡 위에 놓았던 옷을 더듬어보았다. 딴은 없다.

필연 잠든 틈을 타서 살며시 옷을 입고 자기의 옷이며 버선까지 들고 내뺏음이 분명하리라.

"도적년!"

모자는 광솔 불을 켜 들고 나섰다. 부엌과 잿간을 뒤졌다. 그리고 뜰 앞 수풀 속도 낱낱이 찾아봤으나 흔적도 없다.

"그래도 방 안을 다시 한 번 찾아보자."

홀어머니는 구태여 며느리를 도둑년으로까지는 생각하고 싶지 않았다. 거반 울상이 되어 허벙저벙 방 안으로 들어왔다. 마음을 가라앉혀 둘쳐보니 아니면 다르랴, 며느리 배게 밑에서 은비녀가 나온다. 달아날 계집 같으면 이 비싼 은비녀를 그냥 두고 갈 리 없다.

두말없이 무슨 병폐가 생겼다. 홀어머니는 아들을 데리고 덜미를 집히는 듯 문밖으로 찾아 나섰다.

마을에서 산길로 빠져나온 어귀에 우거진 숲 사이로 비스듬히 언덕길이 놓였다. 바로 그 밑에 석벽을 끼고 깊고 푸른 웅덩이가 묻히고 넓은 그 물이 겹겹 산을 에돌아 약 10리를 흘러내리면 신연강 중턱을 뚫는다. 시새에 반쯤 파묻혀 번들대는 큰 바위는 내를 사고 양쪽으로 질펀하다. 꼬부랑길은 그 틈바귀로 뻗었다. 좀체 걷지 못할 자갈길이다. 내를 몇 번 건너고 험상궂은 산들을 비켜서 한 5마장 넘어야 겨우 길다운 길을 만난다. 그리고 거기서 좀 더 간 곳에 냇가에 외지게 잃어진 오막살이 한 칸을 볼 수 있다. 물방앗간이다. 그러나 이제는 밥을 찾아 흘러가는 뜬 몸들의 하룻밤 숙소로 변하였다.

벽이 확 나가고 네 기둥뿐인 그 속의 힘을 잃은 물방아는 을씨년 궂게 모로 누웠다. 거지도 그 옆의 홑이불 위에 거적을 덧쓰고 누웠다. 거푸진 신음이다. 으!

으! 으흥! 서까래 사이로 달빛은 쌀쌀히 흘러든다. 가끔 마른 잎을 뿌리며…….

"여보 자우? 일어나게유 얼핀."

계집의 음성이 나자 그는 꾸물거리며 일어 앉는다. 그리고 너털대는 홑적삼 깃을 여며 잡고는 덜덜 떤다.

"인제 고만 떠날 테이야? 쿨룩……."

말라빠진 얼굴로 계집을 바라보며 그는 이렇게 물었다.

10분가량 지났다. 거지는 호사하였다. 달빛에 번쩍거리는 겹옷을 입고서 지팡이를 끌며 물방앗간을 등졌다. 골골하는 그를 부축하여 계집은 뒤에 따른다. 술집 며느리다.

"옷이 너무 커, 좀 적었으면……."

"잔말 말고 어여 갑시다. 펄쩍."

계집은 부리나케 그를 재촉한다. 그리고 연해 돌아다보길 잊지 않았다. 그들은 강 길로 향한다. 개울을 건너 불거져 내린 산모퉁이를 막 꼽뜨릴려 할 제다. 멀리 뒤에서 사람 욱이는 소리가 끊일 듯 날 듯 간신히 들려온다. 바람에 먹히어 말저는 모르겠으나 재없이 덕돌이의 목성임은 넉히 짐작할 수 있다.

"아 얼른 좀 오게유."

똥끝이 마르는 듯이 계집은 사내의 손목을 접접히 잡아끈다. 병들은 몸이라 끌리는 대로 뒤뚝거리며 거지도 으슥한 산 저편으로 같이 사라진다. 수은 빛 같은 물방울을 품으며 물결은 산 벽에 부닥뜨린다. 어디선지 지정치 못할 늑대 소리는 이 산 저 산에서 와글와글 굴러 내린다.

제05편. 규원

때는 정히 오월 중순이라. 비온 뒤끝은 아직도 깨끗지 못하여 검은 구름발이 삼각산 봉우리를 뒤덮어 돌고 기운차게 서서 흔들기 좋아하는 포플러도 잎새 하나 움직이지 않고 조용히 서 있을 만치 그렇게 바람 한 점도 날리지 않는다. 참새들은 떼를 지어 갈팡질팡 이리 가랴 저리 가랴 하며 왜가리는 비 재촉하는 울음을 깨쳐 가며 지붕을 건너 넘어간다.

이때에 어느 집 삼 칸 대청에는 어린아이 보러 온 6, 7인의 부인네들이 혹은 앉아서 부채질도 하며, 혹은 더운 피곤에 못 이기어 옷고름을 잠깐 풀어 젖히고 화문석 위에 목침을 의지하여 가볍게 눈을 감고 있는 이도 있으며, 혹은 무심히 앉아서 처음 온 집이라 앞뒤를 살펴보기도 하며, 혹은 살림에 대한 이야기도 하며, 혹은 그것을 듣고 앉았기도 한다. 마루에는 어린애의 기저귀가 두어 개 늘어놓아져 있고 물주전자가 놓여 있으며 물 찌끼가 조금씩 남아 있는 공기가 3, 4개 널려 있다. 또 거기에는 앵두 씨가 여기저기 떨어져 있고 큰 유리 화대접에 반도 채 못 담겨 있는 앵두는 물에 젖어 반투명체로 연연하게 곱고 붉은빛이 광선에 반사되어 기름 윤이 흐르게 번쩍번쩍한다.

이때에 열어젖힌 뒷문으로 어린애 우는 소리가 사랑으로부터 멀리 들리자 산후의 열기로 인하여 신음하다가 일어나 앉은 아기 어머니는 어푸수수한 머리를 아무렇게나 쪽찌어 흑각(黑角: 물소의 검은 뿔, 또는 그것으로 만든 비녀)으로 꽂고 기운 없이 뒷문 턱에 기대어 앉았다가 깜짝 놀라 일어서며 사랑으로 나가 아기를 고쳐 안고 들어온다. 아기의 두 눈에는 약간 눈물이 흘러 있고 모기에 물린 자국으로 두어 군데 붉은 점이 찍혀 있다. 어머니 팔에 안기어 오는 기쁨인지 또렷또렷한 눈망울을 굴리어 군중을 둘러보다가 아는 듯 모르는 듯 씽긋 웃는다. 군중의 시선은 모두 이 아기에게 집중하여 있는 중 모두

"아이구, 웃는구나."

하고 다시 웃을까 하여 어르기도 하며 머리를 쓰다듬어 보기도 하고 손을 만져 보기도 한다. 아기는 모르는

체하고 몸을 돌리어 어머니 가슴에 입을 돌리어 젖을 찾는다.

저편 구석에 담배 물고 시름없이 하늘을 쳐다보고 앉은 부인은 어떻게 보면 거의 사십쯤 되어 보이고 어떻게 보면 겨우 삼십이 넘어 보인다. 어디인지 모르게 귀인성이 있어 보임직한 얼굴에는 얼마만한 고생의 흔적인지 주름살이 이리저리 잡혀진다. 거기다가 분을 좀 스친 모양이라 햇빛에 그을어 꺼무죽죽한 얼굴빛에 겉돌며 넉사 자 이맛전에 앞머리를 좌우 평행으로 밀기름에 재어 붙이고 느짓느짓 땋아 느짐하게 길쭉이 쪽을 지어 은비녀로 꾹 찔러 놓은 것이며 모시 적삼 화장은 길쭉하여 손등을 덮고 설핏한 모시 치마에 허리를 넓게 달아 느직하게 외로 여며 입은 것은 아무리 보아도 서울 부인네가 아닐 뿐 아니라, 어디인지 모르게 고상하게 보이는 것은 예절 있는 양반의 집에서 자라난 것이 분명하다. 그렇게 여러 부인네들은 아기들 앞으로 와서 어르고 만져 보나 다만 홀로 이 부인만은 아무 말 없이 멀리 건너다보다가 흥 하고 이상한 코웃음을 한번 웃고 눈을 내리깔며 반도 타지 않은 담배를 옆에 있는 재떨이에 놓고 허리를 굽혀 마루 아래 대뜰에다 탁탁

털며 이상하게 슬픈 기색을 띤다. 이 부인은 다시 전과 같이 앉더니 애기가 젖 먹는 양을 바라보며,

"흐흥, 그거 보시오. 이렇게 많이들 앉아있는 중에 아기 우는 소리를 그 어머니밖에 들은 사람이 없소 그려. 그렇게 자식과 어머니 사이에는 끊으려도 끊을 수 없는 애정이 엉키어 있건마는 나 같은 것은……."

하고 목이 메여 말끝을 아물지 못하고 두 눈에 눈물이 핑 돈다. 군중은 모두 이상히 여겨 왜 그리 서러운 기색을 띠느냐고 물을 수밖에 없었다. 그는 아무 대답 없이 잠잠히 있고, 그와 동행하여 온 그의 친구 김 부인이 옆에 앉았다가 그를 쳐다보며,

"또 청승이 끌어 나오는군. 아들 둘의 생각을 하고 그러지요."

한다. 군중의 의심은 더욱 깊어진다.

"아들 둘을 어떻게 하였기에요?"

하고 다시 물을 수밖에 없었다. 이 부인은 역시 아무 말 없이 앉았고 김 부인이 또 이 부인을 쳐다보며,

"그 내력을 말하려면 숙향전의 고담이지요."

한다. 군중에게는 더욱 호기심을 갖게 되고 궁금증을 일으킨다.

"어째서 그래요? 좀 이야기하시구려."

하는 것이 군중의 청구(請求)이었다. 김 부인은 또 그를 쳐다보며,

"이야기하구려."

권한다. 그 부인은 역시 잠잠히 앉았더니,

"이것 보십쇼."

하고 두 손을 내밀며,

"세상에 사주팔자란 알 수 없습디다. 분길 같던 내 손이 이렇게 마디마다 못 박혀 볼 줄 뉘 알았으며 5, 6월 염천까지 무명 고쟁이로 날 줄 뉘 알았으리까(치마를 걷어 치고 가리키는 무명 고쟁이는 오동빛이라). 나도 남부럽지 않게 호의호식으로 자라나서 시집가서도 마루 아래를 내려서 본 일이 없었더랍니다. 이래 보여도 나도 상당한 집 양반의 딸이랍니다. 내 내력을 말하자면 기가 막혀 죽을 일이지요."

이렇게 차차 그의 내력을 말하기 시작하였다.

"내 아버지께서는 평양 감사까지 지내시고 봉산(鳳山) 고을도 사시고(군수를 지냈다는 뜻), 안성(安城) 고을도 사셨지요. 우리 백부(伯父)님은 이 판서(李判書)집이시지요. 그리하여 우리 고향(故鄕)인 철원(鐵原)골에서는 우

리 친정집 일파(一派)의 세력이 무섭지요. 그러한 집에서 아들 4형제 틈에 고명딸로 귀엽게도 자랐지요. 지금은 갖은 고생을 다 겪어서 이렇게 얼굴이 썩고 썩었지요마는, 내가 열두서너 살 먹었을 때는 색시꼴도 박히고 빛깔이 희고 얼굴도 매우 고왔었으며 머리는 새까마니 전반 같았지요(여자의 머리채가 숱이 많고 치렁치렁함을 비유하는 말). 그리하여 열 살 먹던 해부터 시골 서울 할 것 없이 재상의 집에서들 청혼들을 해댔답니다. 우리 아버지께서 그런 말씀을 하시면 어머니는 딸자식 하나 있는 것이 그렇게 원수스러우냐고 하시지요. 그러면 아버지께서는 아무 말씀 못하십니다. 그러나 딸자식이란 쓸데없어요. 열여섯 살 먹던 해 3월에 기어이 남의 집으로 가게 되옵디다."

"신랑은 몇 살이고요?"

하고 한 부인은 묻는다.

"신랑은 열세 살이었댔지요. 우리 시부모되시는 김 판서(金判書)하고 우리 아버지와는 절친한 사이셨지요. 아마 두 분이 술잔을 나누시다가 우리 혼인이 정해진 모양입디다. 그렇게 어머니 떨어지기 싫어서 울면서 80리나 되는 곳으로 시집을 갔지요. 우리 집에서도 없는 것 없이 처해 가지고 갔거니와 그 집에도 단 형제뿐으로 필혼(畢婚: 마지막 혼사)이라 갖은 예물이며 채단이야 끔찍끔찍하였었지요. 시부모님에게 귀염인들 나같이 받았으리까. 말이 시집이지 세상에 나같이 어려운 것 모르고 괴로운 것 모르게 시집살이를 하였으리까. 혼인한 지 삼 년이 되도록 태기(胎氣)가 없어서 퍽도 걱정들을 하시고 기다리시더니 팔 년 되던 해 우연히 태기가 있어 가지고 아들을 낳아 놓으니 그 어른들께서 좋아하시는 것이야 어떻다 말할 수 없었어요. 은(銀) 소반 받들 듯하십디다. 바로 그 해에 우리 바깥양반이 춘천 군청(春川郡廳)에 군주사(郡主事)를 하였었지요. 그럴 동안에 첫애가 세 살을 먹자 또 아우가 있어서 낳으니 또 아들이지요. 밤이면 네 식구가 옹기옹기 앉아서 재롱을 보고 하면 타곳에서 외롭게 지내는 중에도 재미있게 지냈지요. 그러나 내 복조가 그만이었던지 집안 운수가 불길하려 함인지, 둘째 아이 낳던 그 해 동짓달에 일본 설(新正을 가리킴)이라고 하여 연회에 가시더니 밤이 늦어서 들어오시는데 술이 퍽 취한 듯싶습디다. 펴놓은 자리 위에 옷도 벗지 않고 탁 드러누워 머리를 몹시 아프다고 끙끙 앓더니 별안간에 와르르 게우는데 벌건 선지피가 두어 번 칵칵 엉키어 나옵디다그려. 나는 간담이 서늘하여지옵디다."

여기까지 듣고 앉았던 여러 부인네의 가슴은 졸여지는 모양이라.

"그래서요?"

하며 이야기 계속하기를 원하는 이도 있으며, 혹은

"저런, 어쩔까!"

하고 차마 들을 수 없겠다는 것처럼 찌푸린다. 혹은

"아이구, 딱해라."

한다. 이 부인(李夫人)은 목이 메여 침 한 번을 꿀떡 삼키고 잠깐 말을 멈추었다가 다시 한다.

"그때 드러누우신 후로 그 이튿날부터 사진(仕進: 벼슬아치가 정해진 시간에 출근함)이 무엇입니까. 하루에 미음 한 번이나 자시는 둥 마는 둥 하고 담이 점점 성하여져서 벌건 피담을 한 요강씩 뱉지요. 그렇게 걷잡을 새 없이 나날이 병이 중(重)하여 가옵디다그려. 그래서 큰댁에 편지를 한다, 전보(電報)를 한다 하였더니 우리 맏시아주버니께서 다 모아 데리고 가시려고 곧 오셨습디다. 그리하여 우둥부둥 짐을 싸 가지고 불시로 모두 떠나 왔지요. 그러한 일이 또 어디 있었으리까. 큰

댁에를 들어서니까 공연히 무슨 죄나 지은 것같이 어른
뵐 낯이 없습디다. 아나나 다를까 시어머님 되는 마님
께서는 나를 보고 어떻게 하다 저렇게 병을 냈느냐고
원망을 하시며 두 내외분은 식음을 전폐하시고 느러누
워 계시니 집안이 그런 난가(亂家)가 어디 있으리까. 인
삼이며 사슴뿔이며 갖은 좋다는 약은 다 사들이고 용하
다는 용한 의원은 멀고 가깝고 간에 데려다가 사랑에
두고 날마다 맥을 보고 약을 쓰나 만약(萬藥)이 무효이
라. 돈도 많이 들었거니와 사람의 간장인들 그 얼마나
졸였었으리까. 필경은 그 이듬해 8월 스무하룻날 가서
그 몸을 마치었지요.”
　하며 적삼 끈을 집어 두 눈을 씻는다. 군중은 모두
“저런 어쩔까?”
　하고 혀들을 툭툭 한다. 이 부인은 한풀이 죽어서 겨
우 말끝을 잇는다.
“그러니 스물다섯 살인 꽃 같은 나이에 세상 재미를
다 버리고 죽은 이도 불쌍하거니와 여편네가 30도 못
되어 혼자되니 그 신세야 말할 것 무엇 있겠소. 오죽
방정맞아 보였으리까. 왜 그런지 모든 사람이 이 몸을
모두 박복한 년으로 보는 듯싶어서 어찌 부끄러운지 혼

자된 후로는 사람을 쳐다보지를 못하고 지내 왔지요. 친정 오라버니가 보러 오셨는데 하얗게 소복을 하고 보기가 어찌 부끄럽던지 모닥불을 퍼붓는 것 같아서 즉시 얼굴을 들지 못하였더랍니다."

한 부인이 말하되,

"참 옛날 어른이시오. 아 그렇다뿐이에요. 생전 죄인이지요. 어디 가서 고개를 들어 보고 말소리를 크게 내어 보며 목소리를 높여 웃어 보아요. 그러기에 몸을 마친다 하고 과부가 되면 하늘이 무너졌다고 하는가 봐요. 참, 기가 막히지요. 그러나 요사이 과부들은 어디 그럽디까. 벌건 자주 댕기를 아니 드리나, 분들을 못 바르나. 그러니 세상이 망하지 않겠소."

하며 누웠다가 벌떡 일어나 앉으며 담뱃재 떠느라고 허리를 굽히는데 보니, 그의 머리에는 조적 댕기가 드려 있는 것이 이 부인도 과부 중에 한 사람인 듯싶고 말하는 것이 경험한 말 같다.

이 부인은 다시 말을 이어,

"지금 생각하여 보면 그, 못나서 그랬어요. 그야말로 불행 중 다행으로 아들 형제를 두고 가서 할머니 할아버지께서도 그것들로 위로를 많이 받으시고 나도 그것들에게 의지하게 되었지요. 우리 시아버님께서는 우리 세 식구를 어떻게 불쌍히 여기시는지 살림에나 재미를 붙여 살라고 하시고, 둘째 아드님 몫으로 지어 두셨던 삼백 석 추수 받는 논과 밭을 내 이름으로 증명(證明)을 내어주시고 큰댁 바로 앞집을 사셔서 분통같이 꾸며서 상청하고 우리 세 식구들 세간을 그 동짓달에 내어주시며 조석으로 드나드시면서 보아주십디다. 살림도 내외가 가져서 해야 이것도 사고 싶고 저것도 사고 싶고 하여 재미가 나지요. 마지못하여 살림에 당한 것을 하나 사면 '어디를 가고 나 혼자 이렇게 살려고 애를 쓰나.' 하는 마음이 생기고 걷잡을 새 없이 설움이 북받쳐 눈물이 앞을 가리우지요. 우리 친정에서는 내가 불쌍하다고 철철이 나는 실과(實果)를 아니 사 보내 주시나, 아이들 옷을 아니 해 보내 주시나, 남편 없이 시아버님께 돈을 타서 쓰니 오죽 군색하랴 하고 일용(日用)에 보태어 쓰라고 돈을 다 보내 주시고 하지요. 아, 참 세월도 빨라요. 살아서 있는 것같이 조석상식(朝夕喪食)을 받들기에 큰 위로를 받고 밤에라도 나와서 마루에 있는 소장(素帳: 궤연 앞에 드리우는 흰 포장)을 보면 집을 지켜주는 듯싶어서 든든하더니 그나마 3년

상을 마치고 나니 더구나 새삼스럽게 서러운 마음이 생기고 허수하며 섭섭하기가 말할 길 없습니다. 따라서 죽지 못한 것이 한이지요. 죽지 못하여 살아가는 동안에 한 해 가고 두 해 가서 4년이 되었지요. 그 해 8월에 마루에서 혼자 큰아이 녀석 추석빔을 하고 앉았으려니까 전부터 우리 큰댁에 드나들면서 바느질도 하고 하던 점동 할머니가 손자를 등에 업고 들어옵디다. 그는 전에 없이 내가 혼자 사는 것이 불쌍하다는 둥 오죽 서럽겠느냐는 둥 하며 무슨 말인지 서울 어느 점잖은 사람이 상처(喪妻)를 하고 젊은 과부를 하나 얻으려고 하는데 그 사람은 문벌(門閥)도 관계치 않고 재산도 상당하며 어쩌고저쩌고 늘어놓습디다. 나는 아마 그냥 그런 이야기를 하나 보다 하고 무심히 들었을 뿐이었지요. 그런 뒤 얼마 있다가 어느 날 또 할멈이 오더니 그런 말을 또 하면서 감히 무엇이라고는 못하고 내 눈치를 보는 것이 매우 이상스럽겠지요? 어찌 괘씸스러운지 나 역시 모르는 체하였을 뿐이지요. 아, 이것 좀 보시오. 며칠 뒤에 또 와서는 불고 염치하고 날더러 마음이 없냐고 아니합니까. 내가 누구 앞에서 그 따위 말을 하느냐고 악을 쓰니까 꽁무니가 빠지게 달아납디다. 그런

뒤로는 나는 어찌 분하든지 밤이면 잠이 다 아니 오겠지요. 그리고 모든 사람이 다 나를 없이 여기는 것 같아서 어찌 서러운지 과부되었을 때보다 더해요. 그런데 이거 보세요. 망신살이 뻗치려니까 어렵지가 않겠지요. 도무지 날짜까지 잊혀지지가 않습니다마는, 그 해 9월 열 이튿날이었어요. 저녁밥을 다 해치우고 안방에서 신선해서 방문을 닫고 어린애 젖을 먹이느라고 끼고 드러누웠으려니까 별안간에 마당에서 우리 큰애 이름 '순영아, 순영아.' 두어 번 부르는 남자의 소리가 나겠지요. 나는 시부(媤父)께서 나오셨나 하고 젖을 떼고 일어서려는데 다시 부르는 소리를 들으니 우리 시부님의 목소리는 캥캥하신데 그렇지가 않고 우렁찬 소리겠지요. 나는 이상스러운 마음이 생겨서 잠깐 문틈으로 내다보았지요. 어스름한 밤이라 자세히는 볼 수 없으나 키가 훨씬 큰 사람이 뒷짐을 지고 그 손에는 단장을 휘적휘적 흔들며 안을 향하여 섰는 것이 잠깐 보아도 우리 집 내(內) 사람은 아니옵디다. 나는 불현듯 무서운 생각이 생겨서 나오지 않는 목소리로 벌벌 떨며, '그 누구신가 여쭈어 보아라.' 하였지요. 그자는 내 목소리를 듣자 반가운 듯이 마루 끝으로 가까이 오며 천연스럽게 '네,

서울서 왔습니다.' 해요. 나는 다시 떨리는 소리로, '서울서 오시다니 누구신가 여쭈어 보아라.' 한즉 그자는 버쩍 마루로 올라서며, '왜 점동 할머니께 들으셨지요. 서울 사는 장 주사라고요…….' 하며 바로 익숙한 사람에게 대하여 말하듯이 반웃음을 띠며 말하겠지요. 나는 무섭고도 분하여서, '나는 그런 사람 몰라요. 그런데 대관절 남의 집 대청에를 아무 말 없이 들어오니 이런 법(法)이 어디 있소.' 하며 주고받고 할 때에 마침 대문 소리가 나자 우리 시어머니 되는 마님이 들어오시는구려."

군중은 모두

"아이구, 저런 어쩔까."

"어쩌면 꼭 그때."

하며 마음을 졸여한다.

"그러니 꼭 그물에 걸린 고기지요. 넘치고 뛸 수 있나요. 그러니 장 주사라는 작자가 밖으로 뛰어나가야 옳겠습니까. 안으로 뛰어 들어와야 옳겠습니까. 어쩔 줄을 몰라 그랬던지 방으로 뛰어 들어오는구려. 나는 속절없이 누명을 쓰게 되었지요. 시모님께서는 그자의 태도가 수상스러운 것을 보시고 곧 눈치를 채신 모양이라, 방으로 쫓아 들어오시더니 눈을 똑바로 떠 쳐다보시며, '웬 사람이냐?'고 하시더니 다시 나의 태도를 유심히 보시는구려. 그러니 그 자리에서 무어라고 말하겠소. 하도 기가 막히는 일이라 아무 말도 아니 나와서 잠잠히 서 있을 뿐이었지요. 원래 괄괄하신 어른이라 곧 내게로 달려드시더니 내 머리채를 휘어잡고 이 뺨 저 뺨치시며, '이년, 남의 집을 착실하게도 망(亡)해 준다. 생때같은 서방 죽이고 무엇이 부족하여 밤낮 뭇놈하고 부동을 하며 서방질을 하니? 이년, 그런 뭇서방놈들이 앞뒤로 널렸으니까 네 서방을 약을 먹여 병 내놓았구나. 에, 갈아 먹어도 시원치 않을 년. 내 집에 일시라도 머물지 말고 저놈 따라 나가 버려라. 어서 어서!' 하는 벼락같은 재촉이 거푸 나는데 어느 뉘라서 거역할 수 있던가요. 시골이라 앞뒷집에서 큰소리가 나니 남녀노소 물론하고 마당이 미어지도록 구경꾼이 밀려들어 오는구려. 오장을 버선목이라 뒤집어 뵈는 수도 없고 그 자리에서 내가 억울하다 하면 누가 곧이듣겠소. 남영 홍씨(洪氏)네 떼라니 순식간에 모여들더니 그년 어서 쫓아내 보내라는 말이 빗발치듯합디다. 그렇게 원통할 길이 또 어디 있었으리까. 다만 하늘을 우러러

보며 하나님 맙소사 할 뿐이었지요. 내가 어렸을 때부터 우리 부모님에게 큰소리 한 마디 들어 보지 못하고 자라났는데 머리가 한 움큼이나 빠지고 온몸이 성한 곳이 없이 멍이 퍼렇게 들도록 어떻게 맞았지요. 이것 좀 보시오(윗입술을 올려치니 간간이 금(金)을 넣어 번쩍번쩍 하는 앞니를 보이면서). 이것도 그때에 어찌 몹시 얻어맞았던지 그때부터 잇몸이 부어서 순색으로 쑤시더니 6달 만에 몽땅 빠지겠지요. 그래서 이렇게 앞니를 모조리(앞니 여섯을 가리키며) 해 박았습니다. 그래서 그날 그 시로 당장에 내쫓겼지요. 아이 둘은 물론 뺏기고요. 쫓겨 나와 갈 데가 있나요. 첫째 남이 부끄러워서 조그만 바닥이라 즉시로 온 성내(城內)에서 다 알게 되었지요. 할 수 없이 우리 친정 편으로 멀리 일가 되는 집을 찾아가서 그 집 행랑 구석 얼음장 같은 구들 위에서 그 밤을 앉아 새웠었지요. 손발이 차다 못하여 나중에는 저려 오고 두 젖이 띵띵 불어 아파 견딜 수가 있어야지요. 사람이 악에 바치니까 눈물도 아니 나오고 인사도 차릴 수 없습디다. 아무려면 어쩌랴 하고 발길을 기다려 사람을 보내서 어린아이를 훔쳐 오다시피 했지요. 그 이튿날 늦은 조반 때쯤 되어서 보교(步

轎: 정자 모양의 지붕에 사방을 장막으로 두른 가마의 한 가지) 하나가 들어오더니 그 뒤에는 어느 하이칼라 하나가 따라 들어오는데 잠깐 보니 어제 저녁에 내 집에서 방으로 뛰어 들어오던 사람 비슷합디다. 나는 그자를 보자 곧 사시나무 떨리듯 떨려지며 분한 생각을 하면 곧 내려가서 멱살을 쥐고 마음껏 한판 해 내었으면 좋겠습디다. 바로 호기스럽게 어느 실내 마님이나 모시러 온 듯이 날더러 타라고 하겠지요. 어느 쓸개 빠진 년이 거기 타겠습니까. 그러자니 자연 말이 순순히 나가겠습니까. 남에게 누명을 씌운 놈이라는 둥 내 계집 된 이상에 무슨 말이냐는 둥 점점 분통만 터지고 꼴만 드러나지요. 보니까 벌써 앞뒤가 빽빽하게 구경꾼이 들어섰구려. 그러니 어떻게 합니까. 그곳을 떠나는 것이 일시(一時)가 바쁘게 되었지요. 큰댁 하인(下人) 놈들이 웅기중기 서서 구경하는 양을 보니까 고만 어떻게 부끄러운지 아무 소리가 아니 나오고 부지불각(不知不覺) 중에 아이를 끼고 보교 속으로 피신을 하여 버렸지요. 얼마를 한없이 가서 어느 산골 촌구석 다 쓰러져 가는 초가 앞에다 보교를 놓더니 날더러 내리라고 합디다. 그리고 원수의 그자는 정다이 나를 들여다보며 시

장하지 않느냐고 묻겠지요. 참, 꿈인들 그런 꿈이 어디 있으리까. 분한 대로 하면 뺨을 치고 싶었으나 차마 남의 남자에게 손이 올라가야지요. 그리고 다른 곳에 가서까지도 꼴을 들키고 싶지 아니하여서……. 거기서 이럭저럭 근 10여 일이나 지냈지요."

이제껏 열심히 듣고 앉았던 애 어머니는 빙그레 웃으면서,

"그러면 혼인은 언제 했어요. 거기서 했나요."

하고 묻는 말에 이 부인은 어물어물하며 잠깐 두 뺨이 붉그레진다.

"그러면 어떻게 해요. 아무려면 그 계집 아니라나요. 그러기에 지금이라도 그때 내 살을 그놈에게 허락한 것을 생각만 하면 치가 떨리고 분하지요. 내가 지금만 같았어도 무관하지요. 그때만 해도 안방구석만 알다가 졸지에 쫓겨나서 물설고 산설은 곳으로 가니 그나마도 사람을 배반하면 이년의 몸은 또 무엇이 되겠습니까. 그래서 날 잡아 잡수 하고 있었지요. 그러기에 지금 생각하면 그때 왜 내가 목이라도 매서 못 죽었나 싶으지요. 자살도 팔자니까요……. 그리고 장 주사는 서울 집 사놓고 데리러 오마하고 떠났지요. 나는 어린애 데리고

거기 며칠 더 있다가 하루는 염치 불구하고 우리 친정을 찾아 나갔지요. 마침 그 동네 사람 하나가 평강으로 간다고 해서 애를 업고 생전 처음으로 50리 걸음을 하여 저녁때 우리 집 문 앞에를 다다르니 가슴이 두근두근하고 벌벌 떨려서 차마 대문 안에 발이 들여놓아집디까. 그러나 이를 깨밀어 물고 쑥 들어갔지요. 우리 집에서야 80리 밖의 일을 아실 까닭이 있겠습니까. 어머니는 버선발로 뛰어 내려오시며 '이게 웬일이냐?'고 하시고 오라버니댁들도 뛰어 내려와서 아이를 받아 들어가고 야단들입디다. 우리 아버지께서는 진지상에 고기 반찬을 해서 놓으면 꼭 반만 잡수시고 오라범댁들을 부르셔서 '이것은 홍집(홍씨 집안에 시집간 여자를 일컫는 말) 누이 주어라. 세상에 부부의 낙(樂)을 모르니 좀 불쌍하냐.' 하시고 밤이면 잊지도 않으시고 '홍집 자는 방이 춥지나 않느냐.' 하시며 꼭 물으시지요. 그렇게 호강스럽게 그 겨울 동안에 잘 먹고 잘 입고 지냈지요. 그 이듬해 3월 초엿샛날 아침나절이었지요. 건넌방에서 아버지 마고자를 꾸미고 있으려니까 손아래 오라범이 얼굴이 시퍼래져서 건넌방 미닫이를 부셔져라 하고 열어젖히더니 퉁명스럽게 내 앞에다가 무슨 전보 한 장을 내어던집디다. 까막눈이라 볼 줄을 아나요. 옆에 앉았던 그 오라범댁더러 좀 보아 달라고 하였지요. 한참 보더니 이상스러운 눈으로 나를 쳐다보면서 '아이구, 형님. 순영이 아버지는 돌아가셨는데 이게 누구입니까. 아버님 함자로 왔는데 오늘 온다 하고 서랑(壻郎: 사위) 장필섭이라고 하였습니다.' 하지요. 그런 원수가 어디 있으리까. 그러자 별안간에 문 밖에서 자동차 소리가 나더니 키는 멀쑥하니 삼팔 두루마기 자락이 너풀거리며 금테 안경을 번쩍거리고 서슴지 않고 중문을 들어서 중청(重聽: 귀머거리)같이 안마당으로 들어오더니 마루 끝에 걸터앉는구려. 우리 어머니는 그만 이불 쓰시고 아랫목에 드러누우시고요. 우리 오빠들은 동네 집으로 피신하고 나는 부엌에 선 채로 오도 가도 못하고 벌벌 떨고 섰으려니까 오라범댁이 '형님에게 온 손님이니 형님 나가셔서 대접하시오.' 하는 권에 못 이길 뿐 아니라, 누구나 들어오면 어떻게 해요. 그래서 억지로 나가서 들어가자고 하여 건넌방으로 데리고 들어갔지요. 아랫목에 하나, 윗목에 하나 섰을 뿐이지 무슨 말이 나오겠습니까. 갈수록 산이요, 물이라더니 죽을 수(數: 운수)니까 할 수 없습디다. 왜 하필 그때 우리 아버지는 사흘 전에 큰댁 제사에 가셨다가 돌아오십니까. 안방으로 들어가시더니 우리 어머니더러 왜 드러누웠냐고 하시겠지요. 어머니는 몸살이 났다고 하십디다. 다시 마루로 나오셔서 다니시다가 댓돌에 벗어 놓은 마른 발막신(앞부리가 넓적하게 생겼는데 거기에 가죽을 댄 마른 신, 흔히 잘사는 집의 노인이 신었다)을 보시더니 오라범댁을 부르셔서 이게 웬 남자의 신이냐고 하시는구려. 오라범댁은 마지못하여 어물어물하면서 '평강형에게 손님이 왔어요.' 하지요. '홍집에게 남자 손님이 웬 손님이며 남자 손님이면 으레 사랑으로 들어가야 할 것이거늘 그 방에 들어앉은 손님이 대체 누구란 말이냐?' 하시더니, '홍집 나오라.'고 두어 번 큰소리로 부르시는구려. 나는 그만 겁결에 건넌방 뒷문 밖으로 뛰어나갔지요. 그래서 가만히 섰었으려니까 별안간에 누가 내 뒷덜미를 부러져라 하고 치며 머리채를 휘어잡는구려. 깜짝 놀라 돌아다보니 우리 아버지시지요. 두 말씀 아니 하시고 사뭇 아래위로 치시는데 아픈지 만지 하옵디다. 아이구 어머니 살리라고 악을 쓰나 누가 내다보기나 하옵디까. 지금도 장 주사는 그때 나 매 맞은 것을 생각하면 불쌍하다고는 하지요. 이왕 그렇게 되었으니 나를 앞장을 세우고 나서야 옳지요. 자기는 홀쩍 나가서 자동차를 잡아타고 갔구먼요. 그러니 하인 등쌀에 남이 부끄러워 있을 수도 없거니와 우리 아버지께서는 어머니와 오라범댁들에게 왜 그놈을 부쳤느냐고 조련질(못되게 굴어 남을 괴롭힘)을 하시고 나를 내쫓으라고 하시지요. 할 수 없이 그날 저녁에 친정에서까지 쫓겨나서 아이를 업고 정처없이 나섰지요. 우리 어머니는 20리까지 쫓아 나오시며 우시는구려. 길거리에서 그렇게 모녀가 마지막 작별을 하였지요. 그러니 인제야 장가에게밖에 갈 곳이 있겠습니까. 그러나 서울이 어디 가 박혔는지, 서울은 어떻게 하여서 간다 하더라도 그자의 집이 어디인지는 알아야지요. 아무려나 빌어먹어도 자식들하고나 같이 빌어먹으려고 40리나 되는 철원으로 가서 길에서 놀고 있는 우리 순영이를 훔쳐 가지고 다시 주막 있던 집으로 왔지요. 우리 집에서 나올 때에 아버지 몰래 어머니가 쌀 판 돈 3원을 집어 주셔서 그것으로 밥값을 치르고 있었으나 그까짓 것 쓰려니까 얼마 되나요. 열흘도 못 가서 다 없어졌지요. 할 수 있나요. 그때부터 그 집 바느질도 하고 아이를 거두어도 주고하며 세 식구 얻어먹고 지냈지요. 여보 말씀 마시오.

제법 어디가 더운 밥 한술을 얻어먹어 보아요? 뭇상에서 남는 밥찌꺼기나 해가 한나절이나 되어서 겨우 좀 얻어먹어 보지요. 시골집이라니요. 여편네라도 허리를 못 펴고 다니지요. 단칸방에서 주인 식구 다섯하고 여덟이 자면 평생에 어디가 옷고름 한번을 풀어 보고 다리를 펴고자 보리까. 알뜰히도 고생도 하였지요. 그나마도 가라면 어쩝니까."

제06편. 거울을 꺼리는 사나이

1

용봉이는 며칠 전부터 집에서 돈 오기를 고대고대 하던 것이 오늘에야 간신히 왔다 그 전에는 그렇게 신고를 하지 않고 선뜩선뜩 보내 주더니만 이즈막은 노루 꼬리만 한 벌이였으나 그나마 그만 두었다니까 벌이 할 적보다 적게 청구하더라도 여간 힘을 끼는 게 아니다. 아마 아버지와 형의 생각에'벌이도 못하는 녀석이 돈만 쓰나'하고 밉살스럽게 여기는 모양이다. 다른 때 같으면 돈 올 듯한 날짜가 약간 어그러진대도 그다지 조바심이 나도록 초조해 하지 않았으나 이번만은 전에 없이 돈 오기를 목을 늘여 기다렸던 것이다. 참으로 얼굴이 흉하게 생겨 시골집에 있을 적이나 서울로 올라와서나 추남으로 소문이 자자하게 높은 용봉이가 일금 백원 여를 버젓하게 자기 집에다 청구해 놓고 날마다 몸이 닳고 목이 말라서 기다렸던 것도 그리 무리는 아니었다.

서울로 올라온 이후 세 번째나 연애를 걸었다가 번번이 보기 좋게 실패를 당하고 금년 이른 봄부터 차례로 네 번째! 이번에는 제법 톡톡히 거운 거운 어울려들어가다가 그나마 바로 한 이십일 전에 남이 보아 속이 시원하고 자기가 보아 질겁하게 되는 괴상하고도 얄궂은 선물 하나를 최후로 받고서 그만 막을 닫고 말게 되니 전에 없이 새삼스럽게 세상이 귀찮고 매사에 성질만 나서 속이 타고 화만 나는데다가 더구나 더위는 날로 닥쳐 와 점점불화로 속처럼 더워만 지는 서울 안에 하루를 더 머물러 있기가 과시 액색하였다. 그래 돈만 오면 즉시 서울을 떠나 원산으로 피서를 하러갈 작정을 하고 있었기 때문에 올 돈이 좀 더디어 무척 애를 태우고 안을 바쳤을 것이다. 며칠을 내리 두고 밖에 나갔다가 하숙집으로 돌아오기만 하면 주인 마나님을 대하자마자 첫째 말을 건네는 것이

"어디서 편지 안 왔나요?"

하고 묻는 것이었다. 그러면 마나님은 그 어글어글하게 생긴 얼굴에 의미 있는 듯한 미소를 띠우며

"아무 편지도 안 왔소. 또 어느 여학생한테서 올 편지를 그렇게 기다리유?"

하고 말한다.

"아뇨."

하고 자기 방으로 휙 들어가곤 하였다. 이래 내려오다가 오늘은 마당에 들어서자마자 마루 끝에 앉아 담배를 풀썩풀썩 피우던 마나님은 입에 들었던 곰방대를 쑥 빼면서 용봉이가 말을 꺼내기 전에 앞을 질러저

"그렇게 기다리는 편지가 오늘이야 왔수……도장을 찍어가니 돈이 오겠지 아마"

하고 벌떡 일어나 안방으로 들어가더니만 편지 한 장을 내다 준다. 그것은 틀림없이 그의 집에서 온 서류 우편이었다.

그럴리는 없겠지만 '혹시 보내 달라는 것보다 덜 보내지나 않았을까?'하고 약간 마음을 조이면서 봉투를 찢은 다음 편지 내용을 보기 전에 먼저세골에 접힌 불그스름한 돈표를 펴보았다. 그의 가슴 조이는 것은 헛수고였다. 일백원야(壹百圓也)라고 검은 빛으로 뚜렷이 넉자가 찍혀있는 〈통상가와세〉였다. 새삼스럽게 집안사람들이 무척 고마웠다. 금시로 어깻바람이 저절로 나는 듯하였다. 저녁 밥상을 받고 앉아서도 몇 번인지 모르게 돈표를 폈다 접었다 하면서 혼자 기쁜 웃음을 즐겁

게도 연해 웃었다.

내일 오전 중으로 우편국에 가기만하면 십 원짜리 열
장이 자기 손에 쥐어질 것과 원산가는 밤 막차 이등실
안에 자기 몸이 건들거리며 앉아 있을 것을 눈앞에 그
려 보면서 남이 맛보지 못할 느긋한 행복을 혼자만 느
끼는 듯이 빙그레 웃기도 한다. 그는 자기 집에 돈 한
가지만 없었다면 설령 있다손 치더라도 그의 아버지와
형이 돈을 잘 주지 않았더라면 벌써 이 세상 사람이
아니었을는지도 모른다. 사는 게 허무하던 생각이 들어
죽고 싶다가도 돈 한 가지 부자유하지 않은 걸로 그
생각을 가시게 하고 '못난 작자…'라고 남들한테 손가
락질을 받는 줄 번연히 알면서도 '내겐 돈이 있어'하는
걸로 그분풀이를 하며 이성과 좀 가까워질 듯하다가 마
침내 천리만리 거리가 떨어지고 말게 된 때 자살까지
하고 싶은 마음과 무한한 공허와 비할 곳 없이 쓸쓸한
심회를 눈물겹게 느끼다가도 돈 한가지로 해서 석시 삭
고 마음의 위안을 얻게 되는 것이다.

그는 조물주의 시기였던지? 삼신의 실수로 해서 잘못
된 타작이었던지? 자기 어머니 뱃속에서 나올 적부터
아주 못생긴 편이었다. 허나 그의 아버지는 자식을 생

각하는 마음에 얼굴은 못생겼으나 이름이나 잘 지어준다고 지어준 것이 용봉(龍鳳)이었다. 그렇지만 자랄수록 용과 봉을 닮기는커녕 점점 얼굴이 흉악망측만 해가서 동네 사람들이 용봉이라고 부르는 대신에 못생긴 애라고 별명지어 불렀다. 그나 그뿐이랴 그의 집을 못난이집! 그의 부모를 못생긴 애 아버지! 못난이 어머니! 하고 이렇게 마을 사람들이 불러 내려왔다. 용봉이는 자랄수록 얼굴 하나만이 못생겼다 뿐이지 사람된 품이 영리하고 똑똑하며 경우 밝고 인정이 많았다. 게다가 글도 잘 배웠다. 몹시 영악했기 때문에…. 이해력이 다른 애들보다 투철히 뛰어나고, 기억력이 놀랄 만치 풍부하였다 장난에 . 들어서도 남한테 뒤떨어지지 않았다. 산이면 토끼처럼 치다르고 나무면 다람쥐처럼 휙휙 으르고, 여름이 되어 개울이나 웅덩이만 보면 개구리같이 뛰어들어 올챙이처럼 헤엄치느라고 해 지는 줄 몰랐다. 시골서 베천이나 하는 꽤 부유한 집안에 태어난 용봉이라 얼굴은 못생겼으나 돈이 있는 덕분에 열다섯이 겨우 넘어 장가를 들게 되었다.

혼인날 당나귀를 타고서 색시 집엘 가는데 거의 신부 집 근처에 이르니 동네사람들이 보는 족족

"참 신부가 아깝다. 제기 저런 신랑이 연분이었드람?"

"색시 인물이 분한 걸……재물도 재물이지만 흥!"

이렇게 신랑 귀에 들어오도록 크게 웅얼거린다. 얼굴에다 모닥불을 퍼다 붙는 듯이 홧홧하고, 귀에서는 모기 소리처럼 앵앵거리며, 나중에는 현기증까지 나는 것을 억지로 참으면서 신부 집 마당엘 탁 들어서니 떠들썩하던 사람들의 소리는 별안간 쥐 죽은 듯이 고요해지고 이쪽저쪽에 옹기종기 서있는 사람들은 묵묵히 고개만 외로 꼰다. 도로 밖으로 뛰나가고 싶은 생각이치밀어 올랐으나 간신히 참았다. 가슴에서는 두방망이질을 하는데 이 구석 저 구석에선 여전히 여인네들이 둘씩 셋씩 몰려서서 수군거리고 있었다.

이러더니만 아나나 다를까 바투 그날 밤부터 과연 미인이었던 어여쁜 각시한테 그만 보기 좋게 소박을 맞고 말았다. 색시는 울며 겨자 먹기로 시집살이라고 석 달을 채우지 못하고 본가로 가더니만 죽기를 기 쓰고 다시 돌아오지 않는다. 허나 용봉이는

"그까진년 아니면 세상에 계집이 세상에 계집이 동났느냐"

고 뽐내는 마음과 코 큰 소리를 하다가도 여기에는

제아무리 영리한 놈도 별 수 없고 지나치게 똑똑한 사람이라도 어쩔 수 없는 노릇인지 행여나 신부가 마음을 몰려 다시 돌아오지나 않을까하고 헛되이 기다리고 기다려보았으나 달이 가고 해가 지나도 한번 간 색시는 영영 돌아올 줄을 몰랐다.

그리하여 사년 동안이나 한번 간 각시를 연연히 그리워하면서 적적히 지내다가 이번에는 소박데기 하나를 어물어물해 데려왔다. 그렇지만 그 여자도 일년 동안을 마치 십년 맞잡이로 여기고 무던히 참다가 마침내 머슴과 배 가맞아 가지고 어디로 갔는지? 부지거처가 되고 말았다. 이리하여 용봉이에게는 다시 적적하고 쓸쓸한 날이 찾아왔고 집안사람들도 그를 동정하기 마지않았다.

그의 약은 품이 남들한테 가엾게 여김을 받거나 동정해 주는 것을 달게 여기고 있을 위인은 아니었다. 그래 서울로 뛰어 올라온 이후 잘해야 일년에 한두 번 집에 내려가거나 말거나 하였다.

그는 보통학교도 우수한 성적으로 마쳤지만 그의 집에서 한 백리가량 떨어져 있는 읍 상업학교를 S 우등으로 졸업했기 때문에 서울 올라오던 그 이듬해 봄부터 어느 회사에 취직하게 되었던 것이다.

시골 있는 그의 아버지는 자기 아들이 취직한 게 대견도 하지만 그것보다도 무슨 일이든 간에 거기다가 마음을 붙이면 자기 못생긴 것을 비관도 덜 할 것이며 혹시 모진 마음도 안 먹으리라고 일상 마음이 안 놓이던 것이 적이 안심을 하게 되어 돈을 붙여 달랄 적마다 그전보다도 더 잘 일장 분부로 아들의 뜻을 거스르지 않고 내려 왔던 것이다.

2

저녁밥을 먹고 난 용봉이는 우연히 손을 들어 머리를 쓰다듬다가 너무 자란머리카락이 거의 귓바퀴를 뒤덮게 된 것을 깨닫게 되자 '이러구야 떠날 수 있나?'하고 모처럼 이발 할 결심을 하게 되었다.

제법 얌전하게 꾸며 논 방 안이었지만 크든 작든 간에 거울이라곤 씨도 없기 때문에 머리가 얼마나 자랐는지도 모르고 지내지만, 더군다나 거울과는 아주 인연이 먼 아니, 거울 대하기를 심히 꺼리는 그로서 더구나 으리으리하게 버려 논 큰 체경 속으로 자기의 얼굴 모습이 나타나는 것을 아무리 안 보려고 애를 써도 줄잡아

세네번씩은 자기 눈에 띠니까 그것이 괴로워 머리를 깎으러 이발소에 갈 용기가 좀처럼 나지 않아 미적미적 미뤄가는 버릇이 생겼다. 그런 버릇으로 해서 어느 때는 더벅머리처럼 돼서 가뜩이나 흉한 얼굴이 더욱 흉해 보인적도 적지 않았다.

오늘은 큰 결심을 하고서 벽에 걸린 액고자를 떼어쓴 다음 밖으로 나와 어슴푸레한 길거리를 천천히 걸었다.

'어디로 갈까?'하고 잠깐 속으로 망설였다.

집에서 나올 적부터 다른 때와 마찬가지로 꼭 어느 이발소로 가겠다고 작정하고서 나온 게 아니었기 때문에 이제 길에서 망설이는 것이다.

그에게는 단골 이발소가 없다. 말하자면 깎을 적마다 갈리는 편이다.

큰 길로 한참 내려오다가 어느 좁은 길로 들어서서 고개를 두리번거리며 이발관인 듯싶은 곳을 찾아보았다. 중턱쯤 올라오니 좀 멀리 떨어져서 붉고 푸른 빛 섞인 것이 나사처럼 빙빙 도는 게 보인다. 용봉이는 그 앞까지 가까이 와서 발을 멈췄다. 아무리 그 전 묵은 기억을 더듬어 올라가 보아도 왔던 생각이라곤 아예 안 나는 처음 보는 이발소였다. 그는 서슴지 않고 그 안으로 들어섰다. 요행히 머리 깎는 사람이라곤 하나도 없었다. 될 수 있는 대로 체경 있는 쪽을 외면하고 햇길을 내다보면서 옷을 벗어 거는 듯한 그 일까지 이르렀다 모자와 . 양복 옷저고리를 벗으니 아이 놈이 받아 건다.

"이리와 앉으시죠."

노상 젊은 이발사가 한쪽 교의를 가리키며 말한다.

소리나는 편으로 휙 돌이키는 바람에 자기의 얼굴이 벌써 체경 속에 나타나 있음을 보았다. 그의 가슴은 선뜩하였다. 그래서 이발사 서 있는 앞으로 가까이 가는 동안 그는 자기의 발등만 굽어보았고 의자에 걸터앉아서도 두 눈을 꽉 감고만 있었다.

"어떻게 깎으시렵니까?"

"상고머리로 깎아 주슈."

용봉이는 이발사 묻는 말에 이렇게 대답하고 나서는 여전히 눈을 감은 채 오늘부터 한 이십일 전에 일어날 일을 눈앞에 그려가며 생각해 보았다.

자기의 얼굴을 거울에 비춰 보기는 바로 이십일 전에 한번 있었고 오늘 지금이 두 번째이다.

매일같이 찾아오던 경애가 거의 한 달 동안이나 오지
않고 아무 소식조차 없다가 하루는 기다리던 그는 안
오고 경애 대신 그가 보낸 소포(小包)하나가 왔다. 용봉
이는 아무튼지 반갑고도 기뻐서 조금 머무를 나위도 없
이 즉시그것을 조심성스럽게 헤치기 시작하였다. 싸고,
싸고, 또 쌌다. 겹겹이 싼 것을 헤치는 동안이 무척 지
루하였다. 그리고 가슴이 조마조마 하였다. 이렇게 호
기심과 기쁨이 갈마드려 무슨 귀중한 보물이나 찾아 낼
것처럼 마음먹었고 바랐던 것이 최후로 싼 한 껍데기를
베끼고 보니까 ― 그나마 등판이 먼저 벗겨졌으면 그처
럼 저상이 덜 되었을는지도 모를 것을 공교히 알맹이
있는 쪽이 댓바람 툭 벗겨지는 ― 손바닥 만한 석경이
었다. 질겁해 놀랐다. 정신이 아찔해지며, 맥이 확, 풀
린다. 거울 한개 뿐이지 그 외에는 아무 글발도 들어있
지 않다.

 '이 거울이나 들여다보고 짐작이나 하슈.'하고 비웃는
듯한 경애의 태도가 치가 떨리도록 분해서 견딜 수 없
다. 옆에 놓인 목침을 번쩍 들어 거울을 향하여 이를
악물고 힘껏 내리쳤다. 거울은 아직근! 하는 큰 소리를
내며 산산조각이 나서 방안으로 하나 가득 헐어지고 말

앗다.

부엌에서 무엇을 하고 있던 주인 마나님이 눈이 휘둥그레

"뭘 그류? 뭘 그래?"

하면서 한달음에 달려든다.

용봉이는 넋 잃은 사람처럼 멀거니 앉아서 아무 대답이 없다.

"그건 왜 그렇게 짓마수? 난 별안간 벼락 치는 소리가 나게 깜짝 놀랐구료. 대관절 그 거울은 어디서 난건데 왜 깨뜨리는 게요?"

하고 달게 묻는다.

용봉이는 괴로운 듯이 고개를 흔들며

"아무 말씀 맙쇼."

하고 머리 뒤에다 손으로 깍지를 끼고서 반드시 드러누워 버린다. 좀 수다한 마나님은 연실 궁금증이 나서 기어이, 알고야 말겠다는 듯이"여보! 나도 무슨 곡절인지 좀 압시다 그려"

대답을 하지 않으면 끝끝내 성가시게 굴꺼니까 그것이 귀찮아서"그렇게 알고 싶으십니까? 저 얼마 전까지 자주오던 경애라는 여자가 있지 않습니까……"

"그래서"

신이 좀 나는 말씨였다.

"그 여자가 보낸 거랍니다. 이제 속이 시원하십니까?"

"그런데 오지는 않고 거울은 왜?"

용봉이는 적이 구슬픈 어조로

"뭐 알죠죠······. 네 얼굴이 거울에 비치는 것처럼 그렇게 흉하고 못났으니 나도 나려냥 일후에는 다른 여자한테라도 짐작을 좀 하라는 그런 수작이겠죠."

"뭘? 그래서 거울을 보냈으려고 설마."

"아닙니다. 제 말이 조금도 틀리지 않습니다. 그래서 저는 지금 결심했습니다. 이 앞으론 생전 계집이란 요물과는 절대로 가까이하지 않기로 굳게굳게 맹세 했습니다."

잠깐 숨을 돌려 가지고 다시 말을 이어

"이 세상에서 가장 어리석은 것이 사낸가봐요. 다시는 속지 말자면서도 번번이 요렇게 속고마니······. 아니, 그것은 알고도 속고 모르고도 속으니 그게 어리석은 물건이 아녜요? 인제야 설마 또 속겠습니까?"

하고 얼굴에 결심한 빛을 띠우면서 벽을 안고 돌아 드러눕는다. 마나님은 그의 거동을 보기가 하도 딱해서

마음먹고 한참 위로 한다는 것이

"얼굴은 저래두 맘씨 좋은 줄은 모르고…"

"누가 알아주나요…. 사실 내가 생각 하더라도 입삐뚜 렁이한테 어느 눈깔 먼 년이 뎀빕니까?"

"아냐, 아냐, 입은 삐뚤어 졌어도 주라만 바로 불면 그만이지 뭐."

용봉이는 하도 어이가 없어서

"빛깔은 이처럼 검어도 속 고지식한 줄 몰라주니까 걱 정이죠."

하고 용봉이는 제 출물에 픽 웃어버렸다. 그 웃음은 확실히 기막힌데서 나오는 탐탁지 않은 쓰디쓴 웃음임 에 틀림없었다.

어느 틈엔지 머리를 다 깎고 나서 면도를 하려고 비 눗물을 얼굴에다 바른다. 여태껏 눈을 한번도 . 뜨지 않았다. 마치 술 취한 사람이나 조는 사람 모양으로 두 눈을 실눈으로도 뜨지 않았다. 면도하는 때에 눈을 뜨 면 체경에는 바로 비치지 않겠지만 이번에는 지금까지 이상스럽게 여기고 있던 이발사와 시선이 마주칠까봐 그것을 꺼리기 때문에 종시 눈을 감은 채 있었다.

이발사는 필시 빙글빙글 웃으리라. 그리고 다른 사람

들도 자기의 얼굴! 또는 내리 눈만 감고 앉아있는 꼴을 흘깃흘깃 보면서 비웃는 웃음을 눈감은 내 얼굴에다 살 대같이 쏟으리라. 예라! 너희 놈들은 어쩌든지, 나만 이렇게 보지 않으면 그만이다. 하고 속으로 생각하면서 귀로는 면도칼이 살에 닿는 대로 아주 가냘프게 싸각싸각하고 털버지는 소리를 들으며 죽은 듯이 가만히 있었다.

얼마 지낸 뒤 등 뒤에서 참다 참다 못해 터져 나오는 듯한 킥킥거리는 확실히 조소하는 웃음소리를 그 안에다 남겨놓고 이발소 문 밖을 나와 버렸다. 불쾌하지도 아무렇지도 않게 생각하면서……. 오히려 무거운 짐이나 벗어 논 듯이 마음의 후련함을 느꼈을 뿐이다.

3

용봉이가 밤 막차를 타고 원산역에 와 닿기는 바로 먼동이 트기 시작하는 때였다.

역 밖을 나서서 인력거 한 채를 잡아타고 해수욕장에서 그리 거리가 떨어지지 않은 일등여관을 찾아가 주인을 잡았다.

밤새도록 찻간에서 시달려 자는 둥 마는 둥 했기 때

문에 여간 고단하지 않아 조반이 들어오기 전까지 세상 모르고 노그라져서 한참 포근히 잘 자고났다.

아침밥을 먹고 나서는 즉시 해수욕장으로 나갔다. 벌써 사람들은 꽤 많이 나와 물 자맥질을 하는 빌에 헤엄을 치는 빌에 모래위로 왔다갔다들 하는 빛에…… 야단법석들이다.

멀리 아마득하게 내다보이는 바다 저편! 크고 작은 배가 그림처럼 가만히서 있는지? 움직이고 있는지 잘 분별 할 수 없게 떠 있고, 좌우편 널찍한 바닷물위론 갈매기들이 떼를 지어 물에 잠겼다, 공중에 떴다하고 한가롭게 날아다닌다. 바라보기만 해도 속이 시원한데 게다가 서늘한 바닷바람이 물결을 쫓아오는 듯이 몰려와 가지고 온몸에다 서늘한 맛을 휙휙 담아 붓는다.

용봉이도 옷을 훨훨 벗어 붙이고 얼룩얼룩한 해수욕복 하나만 걸친 채 물속으로 뛰어 들어갔다 . 오장 속까지 시원하다. 그래 한바탕 보기 좋게 물오리처럼 마음껏 헤엄쳐 돌아다녔다.

한참 만에 기운이 지친듯해서 그만 모래사장으로 나와 네 활개를 쩍 벌리고 해를 향해 반듯이 누워 있었다. 구름 한 점 없이 맑게 개인 하늘이 차차 내려와 자기 몸뚱아리를 덮어 누를 것 같기도 하다. 이렇게 잠깐 쉰 뒤에 또다시 물로 뛰어 들어갔다. 물속으로 들어가 한참씩 잠겼다가 물위로 고개만 내밀어 숨을 쉬고는 다시 물속으로 잠겨 버리곤 하였다. 이러다가는 경계선 바깥까진 세차고 수선스럽게 헤엄쳐 나갔다가 빠르게 도로 들어와 가지고 모래사장으로 올라와서 앉았다.

낮볕이 들어오니까 사람들이 둘씩 셋씩 떼를 지어 가지고 몰려나오느니 몰려나온다. 남자, 여자, 어린애…… 이렇게 물속에 들어가 있는 사람도 무척 많은데 볕이 쨍쨍이 내리쪼이는 모래톱과 양산을 버틴 아래와 또는 천막 속에서 쉬고들 있는 무리가 어지간히 많다. 용봉이는 해수욕장에서 간단한 점심을 사먹어 가며 온종일 물속에서 살았다. 해가 뉘엿뉘엿해서야 그래도 서운한 듯이 겨우 여관으로 돌아왔다.

좀 피곤한 듯 하지만 마음은 여간 유쾌하지 않았다. 저녁밥을 먹고 나니 더욱 노곤해서 조금 서성거리다가 그대로 쓰러져 세상모르고 잠들어 버렸다. 이렇게 하기를 며칠 계속하였다.

그의 검은 얼굴이 더 검어졌고 그리하지 못하던 속살까지 이제는 얼굴빛과 과히 차이가 나지 않게 되었다.

이리로 온 지 열흘이나 바라보는 어느 날이다.

오늘도 다른 날과 마찬가지로 아침밥을 먹자마자 밥도 내릴 겸해서 해수욕장을 향하고 천천히 걸었다. 여관집에서 해수욕장을 돌지 않고 좀 가까운 길로 질러가려면 누구의 별장인지 해변에서 그리 떨어지지 않는 등성이에 그다지 크지 않으나 아담하게 꾸며 논 양옥집 그 앞을 지나가야만 한다. 그는 요 며칠 전부터 이 지름길을 여관집에서 심부름하는 아이놈한테 배워가지고 그 뒤로는 꼭꼭 이 길로만 왕래하였다.

지금도 이 앞을 막 지나려니까 해변에서 사람의 소리가 난다.

용봉이는 걸음을 잠깐 멈추고 바다편 쪽을 흘깃 바라보았다. 해변에서 떨어져 한 오십 간통이나 실히 돼 보이는 물 가운데에는 사람 하나가 불끈 솟았다가 다시 쑥 들어가 버리고, 해변 모래 위로 막 물에서 나오는 한 사십씩이나 바라보이는 남여 두 사람이 눈에 띈다. 그들은 뭐라고 재미나게 이야기한다. 이 광경을 본 용봉이는 불시로 성질이 나서 못 볼거나 본 것처럼 외면을 하고 걸음을 좀 빨리하였다.

바로 이때이다.

해변으로 나오던 두 사람이 모래톱 위에 양산을 버려논 앞으로 와서 막 앉으려고 할 즈음에 물속에 들어가 있는 또 한사람이 불끈 솟더니만 손을 내졌다. 그리고 파도소리에 . 어렴풋하기는 하나 좀 째지는 듯한 여자의 외마디소리가 난다. 두 사람은 앉으려다 말고 바다 쪽으로 귀를 기울였다. 물위로 나타났던 그 사람은 다시 물속으로 사라졌다. 두 사람의 얼굴에는 이상한 빛이 떠돌기 시작하였다. 조금 지난 다음 다시 불끈 솟더니만 팔을 재게 내 휘두른다. 두 사람은 무슨 소리가 또 나지나 않을까하고 숨을 조이며 귀를 기울였다.

"발……자개바……"

전후가 동떨어진 날카로운 비명을 겨우 들을 수 있다. 그 두 사람의 얼굴은 갈수록 불안에 쌓인다.

"자개바…라지 않소?"하고 여자한테 묻는다.

"참 자개바라고 그리는 구료. 자개바가 뭘까?"

하고 여자가 맞장구를 친다. 그 사람은 물에 다시 잠겨 그림자도 안 보인다.

"옳지, 옳지, 큰일 났군 그래. 자개바람이 난다는 말이구료…이를 어쩌나?

멀리 나가지 말라구 그리 성화를 해도 기어이 나가더

니만, 엥"

"저를 어쩐단 말이오."

두 사람은 몹시 당황해 쩔쩔맨다. 남자가 이리저리 휘휘 둘러보다가 사람하나가 눈에 띄자 반색을 해서

"여보! 이리 잠깐 오슈"

하고 목을 늘여 커다랗게 불렀다.

용봉이는 흘낏 돌아다보았다. 좀 급한 듯이 재게 손짓을 한다. 용봉이는 그들의 앞으로 가까이 걸어왔다.

"여보! 사람 좀 살리유."

하고 남자가 숨가쁜 듯이 말한다.

"여보슈! 사람이 물에 빠져 죽게…"

하고 여자도 여간 초조해 하지 않는다. 이때에 저쪽에서 외마디 소리가 바람결에 희미하게 들린다. 확실히 조급하고 몹단 음성이었다.

"……살…사람 살…주……"

세 사람은 일제히 바다편 쪽으로 고개를 돌이켰다. 그리고 제각기 귀를 기울였다. 그 사람은 또다시 물 쪽으로 사라져 버리고 만다.

이 광경을 본 남녀 두 사람은 얼굴이 해쓱해가지고 어쩔 줄 모르게 조바심 한다.

남자가 먼저 퍽 떨리는 목소리로

"여보 저기 떴다 가라! 앉았다 하는 게 내 딸인데 자개바람이 나서 당장 죽을 지경인 모양이니 얼핏 좀 들어가 구해주시유… 간청이요."

하고 애걸하다시피 말한다.

"제발 좋은 일 하는 셈치고 빨리 좀 구해주시유…"

하고 여자 역시 진정으로 애걸복걸한다. 용봉이는 재바르게 옷을 벗어 붙이고 해수욕복만 입은 채 물로 텀벙 뛰어들어 힘 안들이고 그쪽으로 차츰차츰 빠르게 헤엄쳐간다. 용봉이가 그 근처까지 갈 동안에 그 여자는 단 한번 밖에 물 위로 솟지 않았다. 어림치고 그 여자가 솟았던 듯한 곳까지 이르러서 물속으로 잠겨 이리저리 찾아 았다. 한 군데서 애를 쓰며 허우적거린다.

용봉이는 그 여자의 겨드랑이를 이끌어 가지고 물 위로 솟았다. 그리고 다시 헤엄쳐서 그의 부모가 서서 기다리는 곳으로 차차 가까이 왔다. 이 광경을 바라보고 있는 그의 부모는 기뻐 날뛴다. 죽었던 딸이 다시 살아오는 것 같았다. 사실 용봉이가 아니었으면 그 여자는 꼭 죽고 말았을는지도 모른다. 사실 조금만 더 늦었으면 아주 영영 물에 장사 지낼 뻔하였다.

"혜옥아! 이제 정신이 좀 나니?"

그의 어머니가 이렇게 말하는 바람에 눈을 떠보니 양산이 해를 가렸고, 아버지와 어머니의 얼굴이 보이고 또 생전 보지도 못하던 어떤 사나이의 험상궂은 얼굴이 꿈속에서 보는 것처럼 어른거린다. 물속에서 이제는 꼭 죽었구나! 하고 마음먹었을 때 뭔가 어깨를 잡아끄는 바람에 자세히 보니 사람인 듯해 옳지 살았다! 하는 생각이 번개처럼 머리에 떠오르자 맥이 탁 풀려 그만 까무러쳤다가 이제야 겨우 깨나는 판이다. 그의 부모도 이제 숨을 돌렸다. 혜옥이는 눈을 스르르 감았다가 또 떠보니 확실히 꿈은 아닌데 그 괴상한 남자 얼굴은 여전히 자기의 시선을 벗어나지 않는다. 더 똑똑히 보일 뿐이다. 이마가 쑥 뿜은 대다가 숫한 웃눈썹으로 해서 이마가 더 좁아 보이고, 어지간히 큰 코가 오뚝이나 했으면 덜 흉할 것을 넓지럭하게 얼굴한복판을 차지하여 좌우로 툭 불그러진 광대뼈는 그덕에 조화가 되지만 쾽하게 들어간 옴팡눈은 더욱 멥새 눈을 닮았다. 입이 삐뚤어져서 턱조차 일그러져 보이나 하고 자세히 보니 입보다도 더하면 더하지 조금도 덜하지 않게 왼쪽으로 씰그러졌다. 빛깔은 해수욕한 죄로 돌리려고 해도 볕에만 그을려서 그런게 아니라 본시 빛깔 없는 것을 넉넉히 찾아 낼 수 있다.

혜옥이는 참다 참다 못해,

저분은 누구요?"

하고 어머니더러 물어 보았다.

너를 구해주신 양반이란다. 정신이 좀 나거든 일어나서 인사드려라.

"너, 이분이 아니었으면 꼭 죽었지 별 수 없었다. 하마터면 큰일 날 뻔했지…… 모두가 인연이야…… 어서 치하를 해라."

그의 양친은 딸의 얼굴을 내려다보면서 이렇게 번갈아 가며 말했다.

혜옥이는 일어앉으며 공손히,

참 고맙습니다. 꼭 죽을 목숨을 살려주셔서……. 이 태산 같은 은혜를 뭘로 갚나?"

하고 고개를 숙인다.

"원, 천만의 말씀을 다하십니다 그려. 그까짓거 은혜 될 게 뭐 있습니까? 정말이지 조금만 더 늦었으면 이 세상 구경을 다시 못할 뻔 했어요. 그런데 은혜가 아녜요? 죽을 뻔한 목숨을 살려 주신게 은혜가 아니고 뭐가 은혭니까?"

하고 혜옥은 진심으로 치하하는 듯이 말하면서 생그레 웃는다. 요염하게 생긴 미인이다. 아주 모던걸이다.

암, 그렇고말고…. 네 말이 옳다. 그 은혜는 차차 갚기로 하고 어서 집으로 들어가자. 이분도 모시고 같이…"

그의 아버지는 이렇게 말하고 나서 딸의 손을 잡아 일으킨다. 그리하여 네 사람은 해변을 등지고 별장으론 꽤 아담하게 지어놓은 양옥집 그 안으로 들어갔다.

4

혜옥이 아버지가 용봉이더러 여관에 있지 말고 이 별장으로 옮아오라고 하는 것을 처음에는 굳이 사양했으나 나중에는 그가 성을 내다시피 하니까 어쩔 수 없이 그날 저녁 때로 옮겨오고야 말았다. 그리하여 용봉이를 위해서 한쪽 처소를 잡아 주었다. 혜옥이 부모는 저녁밥만 먹고 나면 딸더러 용봉이 있는 방에 가 놀다 오기를 권했다. 혜옥이는 어쩐 일인지 실쭉하면서도 마지못해 용봉이 있는 방으로 가서 이야기도 하고 트럼프도 치고 소설책도보다가 밤이 이슥해야 자기 있는 방으로 돌아와 잤다. 그리고 낮이 되면 둘이서 별장 앞 바다에 나가 물속에서 해를 보냈다. 그의 부모는 둘이 물속에서 놀고 있는 것을 보고 기뻐하며 또는 얼마쯤 멀리 가더라도 안심하고 있었다.

하루는 혜옥이 아버지와 어머니가 가장자리 아주 얕은 물에 들어가 한참 물자맥질을 한 후 모래톱으로 나와 앉으며 멀리 나가 헤엄치고 있는 그들을 바라보던 혜옥이 아버지가 별안간

여보! 나는 속으로 작정했수."

하고 불쑥 말한다.

아니 뭘 작정했다구 그리슈?"

그의 아내는 자기 남편의 하는 말이 무슨 의미인지를 몰라 되물었다.

"사람이 지내보니까 외모와는 아주 딴판이거든…. 사람도 영리하고 글자도 꽤 반반한 모양이고, 게다가 배상하고 공손하단 말이야… 그렇지 않습디까? 아주 나는 사위를 삼을 생각인데…"

하지만 속이 깔끔한 개가 눈에 찰라구? 속이 여간 산계집애가 아닌데.

개만 딴소리 안한다면야."

저도 생각이 있겠지. 속절없이 죽은 걸 살려준 사람이니까…… 두고 보아하니 그렇게 싫어하는 기색도 안 보입니다."

이런 이야기가 있은 지 사흘 되던 날 혜옥이 아버지는 별안간 볼 일이 생겨 그의 어머니와 함께 서울로 올라가고 말았다.

그가 떠날 때 용봉이를 넌지시 불러가지고

여보게! 앞으로 혜옥이에 대한 일은 모두 자네에게 맡기네. 그래서 지금도 자네만 믿고 우리 둘이만 올라가는 것이니 여름이나 지나서 찬바람이나 나거든 걔와 같이 올라오게. 이제는 자네 사람이나 다름없으니 매사를 알아서 하게."

이렇게 의미있 는 말을 남기고 간 것이 용봉이에게는 거짓말 같기도 하고 꿈속에서 들은 말 같기도 하다. 허나 거짓말도 아니요 또는 틀림없는 현실이었던 것을 생각하면 미칠 듯이 기쁘다. 그런 의미의 말은 자기한테만 할 게 아니라 필시 혜옥이 한테도 눈치껏 비쳤으리라고 짐작하고서 혜옥이의 동정을 살폈다. 제자가 선생님한테 대하는 듯한 삼가는 태도는 그의 부모가 있을 적이나 매일반이었다. 정답게 굴면서도 어느 구석인지 살우는 듯한 기색을 어느 면에서든지 찾아낼 수 있다.

어느 날 저녁이다.

여전히 잘 때만은 각 거를 하기 때문에 밤이 이슥하도록 놀다가 혜옥이가자기 방으로 가려고 얼어 섰다. 사면은 죽은 듯이 고요하다. 오직 은은히 들려오는 파도소리와 여름밤이라야 들을 수 있는 뭇벌레의 울음소리가 이밤에 적막을 깨뜨릴 뿐이다. 용봉이는 그의 아름다운 얼굴이 흘깃 눈에 비칠 때 불타는 정열을 죽으면 죽었지 더 참을 수 없었다. 죽자꾸나 하고 용기를 내어 혜옥이 앞으로 번개처럼 와락 달려들어 그를 자기 가슴에다 힘 있게 이끌어 안고서 불길이 활활 나오는듯한 입으로 키스를 하였다. 혜옥이를 만난 뒤 비로소 처음으로……. 혜옥이는 약간 놀라는 기색이었지만 애써 키스 까지 거절하지 않았다. 허나 자기 방으로 돌아와서는 고민하기를 마지않았다. 어머니와 아버지는 결혼까지 했으면 하는 눈치신데 이를 어쩌나? 안 돼 안 될 말이야 그처럼 흉한 얼굴을 누가 평생 보고산담. 아하! 허지만 날 구해준 은인이 아닌가…… 이 노릇을 장차 어쩌나? 한쪽 방에선 이런 생각을 되풀이 하느라고 잠을 이루지 못한다. 또 한쪽 방에선 자기의 키스까지 거역하지 않고 달게 받는 것을 보면 이제는 아름다운 아내가 우물 없이하나 생겼구나하는 한량없는 기쁜 생각에 밤을 밝히다시피 하였다. 괴로움과 기쁨이 얽혀진 해변 별장의 이 밤도 어언간 먼동이 트기 시작 하더니만 아주 활짝 밝았다.

혜옥이의 태도는 전과 조금도 변함이 없었다. 같이 한 자리에 앉아 밥을 먹었고, 함께 물속에 들어가 헤엄을 치고 밤이 오면 서로 이석이를 하면서 재미나게 놀기에 단 열밤이 바야흐로 깊어가는 줄을 몰랐다. 이렇게 혜옥이가 겉으로는 조금도 내색을 내지 않고 추룩같이 대하지만 속으로는 탐탁지 않을 뿐 아니라 때로는 무한히 괴롭고 쓰라렸다. 씀바귀를 씹는 것처럼 싫고, 송충이를 대하는 것같이 마음이 꺼림칙하면서도 단지 생명의 그날 그날을 보냈다.

못마땅하고 보기 싫다가도 어떤 때면 날 살려준 사람인데 하는 진정으로 고마운 생각이 마음속으로 스며들어 먼저 탐탁지 않은 생각을 불시로 고쳐먹곤 하였다. 이 세상에서 드문 추남인 용봉이는 이와 같은 혜옥이의 괴로운 심정과 안타까워하는 속을 아는지? 모르는지? 그로서는 알 턱이 없다. 오히려 날이 갈수록 기쁘기만 할 뿐이다. 즐겁기만 할 뿐이다. 밤이 되어 놀다가 헤어질 적에 서로 키스 하는 것은 벌써 한 습관처럼 되고 말았다. 용봉이로서는 하루 동안에 그 순간처럼 기쁜 적이 또다시 없었다. 그를 자기 방으로 보내 놓고는 혜옥이는 이제 아주 의심할 나위도 없이 내 사랑이다. 내 애인이다. 아니, 아주 내 사람 내 아내임에 틀림없지 뭐. 하면서 껑충껑충 뛰기도 하고, 두 팔을 쩍 벌리고 방 안을 몇 바퀸지 모르게 빙빙 맴돌다가 그만 어지러워서 침대 옆에 푹 쓰러져서도 여전히 기쁜 생각이 머리에서 가시질 않아 어쩔 줄을 모른다.

이렇게 날은 자꾸 지나갔다.

하루는 혜옥이 혼자서 여러 사람이 들끓는 해수욕장으로 나간 적이 있었다. 우연히 어느 남자와 혜옥이와 서로 눈이 마주치게 되었다. 한 번 이상스럽게 시선이 부딪친 다음에는 자주 마주치게 되었다. 그 남자가 돌아갈 때에 눈여겨보니까 각모를 썼다. 어느 전문학교나 대학에 다니는 학생인모양이다. 얼굴도 잘 생겼지만 걸어가는 뒷모양은 더욱 혜옥이 눈에 참으로 훌륭한 체격으로 나타났다. 그날 밤에 혜옥이는 그 학생의 얼굴과 용봉이의얼굴을 대조해 가며 자진 공을 끝없이 하느라고 밤을 하얗게 밝혔다. 그리하여 그 다음날부터는 혜옥이에게 또 한 가지 고민이 생기고야 말았다. 그 늠름하게 생긴 학생의 모습이 머릿속에서 아예 떠나지 않기 때문에….

이렇게 사흘 동안이 지나갔다.

오늘도 또 낮겨직해서 혜옥이는 여러 사람들이 득실거리는 해수욕장으로 혼자만 나갔다. 용봉이는 이 집으로 온 뒤 한번도 여러 사람들이 있는 해수욕장엘 나간 일이 없었다. 간옥 혜옥이가 함께 가자고해도 혼자만 다녀오라고 굳이 사양하고서 별장 앞바다에만 홀로 있었다. 자기의 못생긴 얼굴로 해서 혜옥이의 낯이 기막힐까봐서가 아니라 남의 얼굴과 자기의 얼굴을 대조해 보고는 혜옥이의 마음이 혹시 돌아설까 겁이 나기 때문이었다.

혜옥이는 해수욕장에 이르자마자 그 학생의 자취를 눈여겨 살폈다. 하도사람들이 많아서 눈에 잘 띄지 않는지, 아직 안 나왔는지, 아무리 애를 써 찾아보아도 종시 눈에 띄지 않는다. 혜옥이의 마음은 공연히 서운함을 느꼈다.

아주 가버렸으면 어쩌나?

이런 생각이 들자 무슨 보물이나 가졌다가 잃어버린 것처럼 마음이 허전허전해진다. 또 이렇게 마음먹는 것이 한편으로는 용봉 씨한테 무슨 죄나 짓는 것처럼 죄송스럽고 불안하기도하다. 혜옥이가 물에 들어가 얼마 동안 헤엄치고 있으려니까 이제야 마음속으로 은근히 찾고 기다리던 그 학생이 저편 쪽에서 휘적휘적 온다. 혜옥이의 마음은 공연히 기뻐 견딜 수 없다. 그 학생은 물속으로 들어왔다.

그들은 하루 사이에 퍽 친숙해졌다. 물속에서 서로 충돌된 것(그것은 혜옥이의 일부러 한 짓)이 원인이 되어 가지고 말을 건네게 되었고, 그 중에도 혜옥이가 자주 말을 붙이게 된 것이 둘의 사이를 매우 가깝게 만들었다. 그래서 서로 오래 전부터 친숙했던 사람처럼 되고 말았다. 때로는 둘이 나란히 헤엄쳐 나가면서 말을 주고 받기도하고, 혹은 물속에 잠겨 서로 숨바꼭질도 하였다. 또는 햇볕이 내리쪼이는 모래톱에 나와 앉아서 서로 사랑하는 사람이나 진배없이 재미나게 이야기도 하였다.

그에게 있어서 더욱 혜옥이에게 있어서 오늘 해는 길 때로 길었으면 좋지만 원망스런 해는 서산에 기울어져 해변에 해가 저무니 혜옥이도 하는 수 없이그 와 헤어지는 것도 여간 서운한 노릇이 아닌데 더군다나 섭섭한 말을 그에게서 듣게 되었다 그것은 . 그 학생이 오늘밤에 이곳을 떠나서 석왕사로 간다는 것이다. 그의 사정이 그렇게 하지 아니치 못하게 되었다고 그로서도 퍽 섭섭해 하는 모양이었다.

그 뒤 혜옥이는 사흘을 내리 두고 용봉이와 함께 별장 앞 바다에 나가 아무내색도 없이 즐겁게 날을 보냈다. 그리고 밤이 되면 재미있게 놀다가 헤어질 때 키스하는 것도 잊어버리지 않고서 꼬박꼬박 실행하였다. 키스를 할 순간에도 그 학생의 스타일, 어글어글하게 잘생긴 사내다운 그의 얼굴이 눈앞에 사라져 본적은 별로 없었다. 혜옥이는 이제 더 참으랴 더 참을 수는 없었다. 그래서 한 가지 계교를 냈다. 그것은 자기의 생명을 구해준 은인을 속여 집에 잠깐 다녀오겠노라고 거짓말을 하고서 이곳을 떠나 석왕사로 그를 쫓아가 자기심중에 맺힌 마음을 토로하고서 속히 결혼까지라도 하리라는 생각이었다.

저요, 낼 첫차로 서울 잠깐 다녀 내려올테야요.

별안간 서울은 왜요?

집안이 궁금도 하고… 또 동무들이 보고도 싶고 해서
요.

그럼 며칠 동안이나…

과직 한 사흘 되겠죠.

이렇게 천연덕스럽게 말하는 혜옥의 가슴은 울렁거렸
다. 그래 이상한 눈치를 안 보이려고 애를 썼다. 허나
양심이 부끄러워 그의 눈을 마주 대하지 못하였다.

그럼 안녕히 주무세요.

하고 자기 방으로 얼핏 돌아갔다.

5

혜옥이가 약속한 날짜는 어느덧 닥쳐왔으나 약속하고
간 사람은 돌아오지 않았다. 약속한 날짜에서도 나흘이
또 지나갔다. 그래도 혜옥이의 자취는 용봉이 눈앞에
나타나지 않았다. 날마다 기다리는 그는 그림자도 비치
지 않는 동안에 날은 쉴 새 없이 하루가고, 이틀가고,
사흘가고…… 이렇게 열흘이 언뜻 지나서 이제는 피서
객들도 하나씩 둘씩 이 고장을 떠나게 되는 때가 닥쳐
왔다. 해수욕장으로 물밀 듯 몰려나오던 사람들도 날마
다 줄고 해변에 경성드뭇이 쳐있던 텐트는 하나씩 둘씩

걷히기 시작하였다. 하지만 기다리는 사람이 있는 용봉이는 돌아갈 생각이라곤 꿈에도 않고 한번 가서 돌아올 줄 모르는 애인이 다시 오기만 날마다 애태워 기다리면서 별장지기 내외와 함께 별장을 지키고 있을 뿐이다. 하늘은 날로 새파랗게 높다래만 가고, 밤이 되고 뭇벌레의 우는 소리가 차차 여울져 간다.

새벽이 되어 잠이 깨기만 하면 행여나 오늘이야… 하고 혜옥이가 돌아오기를 진심으로 바랐다. 허나 또 하루를 헛되이 기다림으로 날을 보내고 나서 밤이 닥쳐와 잘 적에는 설마 내일이야……. 하고 밝은 날의 희망을 둔다. 이렇게 하고 잘라치면 반드시 혜옥이 꿈을 꾼다. 좋은 옷으로 호사를 해 더욱 어여삐 보이는 혜옥이가 자기 앞으로 가까이와 앉기도 하고, 또는 방금 주례 앞에 나란히 서서 결혼식을 거행하는 참으로 즐거운 꿈을 꾸기도 하다가 소스라쳐 깰라치면 더욱 미칠 듯이 서운해 못 견딜 지경이었다. 안타까웠다.

이렇게 며칠이 또 지나갔다.

산들바람이 불어오고, 낙엽이 지기 시작한다. 이제는 밥만 먹으면 물에 들어가는 대신에 이리저리 거니는 버릇이 생겼다. 오늘도 저녁밥을 일찍 먹고 나서 차츰차

즘 저물어 가는 황혼의 해안을 슬슬 거닐기 시작하였다. 불그스름하게 물들은 황혼의 바다를 멀리멀리 바라보니 불시로 혜옥이와 함께 산보라도 하고 싶은 생각이 간절해진다. 어쩔일인가? 나를 아주 배반하고 말려나? 그럴리야 없을텐데… 이렇게 생각하면서 발을 천천히 또 옮겨놓는다. 제법 선선한 바람이 얼굴을 스치고 지나가고 발아래선 낙엽이 뒹군다.

고개를 돌이켜 저쪽 산등성이를 쳐다보니 바람결을 쫓아 나뭇잎새가 나부낀다.

오늘밤 막차에는 내려오겠지, 설마… 이렇게 입안으로 웅얼거리면서 요란한 파도소리를 귀로 들으며 발길을 돌려 오던 길을 다시 걸었다. 쓸쓸하게 불어오는 가을 바다의 소슬한 저녁바람을 어쩐지 허전허전한 가슴에 한 아름 붙안고 즐비하게 흩어져있는 낙엽진 가랑잎을 힘없는 발부리로 사뿐사뿐 밟으면서…….

제07편. 별을 안거든 우지나 말걸

안 위에 피곤한 손을 한가히 쉬이시는
만하 누님에게 한 구절 애달픈 울음의
노래를 드려 볼까 하나이다.

1

저는 이 글을 쓰기 전에 우선 누님 누님 누님 하고
눈물이 날 만큼 감격에 떨리는 목소리로 누님을 불러
보고 싶습니다.

그것도 한낱 꿈일까요? 꿈이나 같으면 오히려 허무
로 들리어 보내 일 얼마간의 위로가 있겠지만 그러나
그러나 그것도 꿈이 아닌가 하나이다. 시간을 타고 뒷
걸음질 친 또렷하고 분명한 현실이었나이다.

그러나 꿈도 슬픈 꿈을 꾸고 나면 못 견딜 울음이
복받쳐 올라오는데, 더구나 그 저의 작은 가슴에 쓰리
고 아픈 전상(箭傷)을 주고 푸른 비애로 물들여 주고
빼지 못할 애달픈 인상을 박아 준 그 몽롱한 과거를
지금 다시 돌아다볼 때 어찌 눈물이 아니 나고 어째

가슴이 못 견디게 쓰리지 않을 수가 있을까요?

그러나 멀리 멀리 간 과거는 어쨌든 가 버리었습니다. 저의 일생을 꽃다운 역사, 행복스러운 역사로 꾸미기를 간절히 바라는 바가 아닌 게 아니지마는 지나갔는지라 어찌할까요. 다시 뒷걸음질을 칠 수도 없고 다만 우연히 났다 우연히 사라지는 우리 인생의 사람들이 말하는바 운명이라 덮어 버리고 다만 때없이 생각되는 기억의 안타까움으로 녹는 듯한 감정이나 맛볼까 할 뿐이외다.

2

그날도 그전과 같이 고개를 숙이고 무엇을 생각하였는지 몽롱한 의식 속에 C동 R의 집에를 갔었나이다. R은 여전히 나를 보더니 반가와 맞으면서 그의 파리한 바른손을 내밀어 악수를 하여 주었나이다. 저는 그의 집에 들어가 마루 끝에 앉으며,

"오늘도 또 자네의 집 단골 나그네가 되어볼까?"

하고 구두끈을 끄르고 방안으로 들어가 모자를 벗어 아무데나 휙 내던지며 방바닥에 가 펄썩 주저앉았다가 그 R의 외투 주머니에 손을 넣어 담배 한 개를 꺼내어

피워 물었나이다.

바닷가에서는 거의 거의 그쳐 가는 가느다란 눈이 사르락사르락 힘없이 떨어지고 있었나이다.

그때 R의 얼굴은 어째 그전과 같이 즐겁고 사념 없는 빛이 보이지 않고 제가 주는 농담에 다만 입 가장자리로 힘없이 도는 쓸쓸한 미소를 줄 뿐이었나이다. 저는 그것을 보고 아주 마음이 공연히 힘이 없어지며 다만 멍멍히 담배 연기만 뿜고 있었나이다.

R은 무엇을 생각하였는지 멀거니 앉았다가,

"DH."

하고 갑자기 부르지요. 그래 나는,

"왜 그러나?"

하였더니,

"오늘 KC에 갈까?"

하기에 본래 돌아다니기 좋아하는 저는 아주 시원하게,

"가지."

하고 대답을 하였더니 R은 아주 만족한 듯이 웃음을 웃으며,

"그러면 가세."

하고 어디 갈 것인지 편지 한 장을 써 가지고 곧 KC를 향하여 떠났나이다.

KC가 여기서부터 60리, R의 말을 들으면 험한 산로(山路)를 넘어가지 않으면 안 된다 하지요. 그리고 벌써 11시나 되었으니 거기를 가자면 어두워서나 들어갈 곳인데 거기다가 오다가 스러지는 함박눈이 태산같이 쌓였나이다. 어떻든 우리는 떠났나이다. 어린아이들같이 기꺼운 마음으로 뛰어갈 듯이 떠났나이다.

우리가 수구문(水口門)에서 전차를 타고 왕십리 정류장에 가서 내릴 때에는 검은 구름이 흩어지기를 시작하고 눈이 부신 햇살이 구름 사이를 통하여 새로 덥힌 흰 눈을 반짝반짝 무지갯빛으로 물들였었나이다. 저는 그 눈을 밟을 때마다 처녀의 붉은 입술 사이에서 때없이 지저귀는 어린 꾀꼬리의 그 소리같이 연하고도 애처롭게 얼크러지는 듯한 눈 소리를 들으며 무슨 법열권 내에 들어나 간 듯이 다만 R의 손만 붙잡고 멀리 보이는 구부러진 넓은 시골길만 내려다보며 천천히 걸어갔을 뿐이외다.

그러나 R의 기색은 그리 좋지 못하였나이다. 무슨 푸른 비애의 기억이 그를 싸고 돌아가는 것같이 그의 앞을 내다보는 두 눈에는 검은 그림자가 덮여 있는 듯 하였나이다. 그리고 때때 내가 주는 말에 대답도 하지 않고 보이지 않게 가벼운 한숨을 쉬며 그의 괴로운 듯한 가슴을 내려앉혔나이다.

때때 거리거리 서울로 향하여 떠돌아 온 시골 나무 장사의 소몰이 소리가 한적한 시골의 가만한 공기를 울리어 부질없이 뜨겁게 돌아가는 저의 핏속으로 쓸쓸하게 기어들어 올 뿐이 었나이다.

넓고 넓은 벌판에는 보이는 것이 눈뿐이요, 여기저기 군데군데 서 있는 수척한 나무가 보일 뿐이었나이다. 저는 이것을 볼 때 마다 저 북쪽 나라를 생각하였으며 정처 없는 방랑의 생활을 생각하였나이다.

그리고 지금 우리 두 사람이 방랑의 길을 떠난다고 가정까지 하여 보았나이다. R은 다 만 나의 유쾌하게 뛰어가는 것을 보고 쓸쓸한 웃음을 웃을 뿐이었나이다.

우리가 SC강을 건널 때에는 참으로 유쾌하였지요. 회오리바람만 이 귀퉁이에서 저 귀퉁이로 저 귀퉁이에서 이 귀퉁이로 휙휙 불어갈 때에 발이 빠지는 눈 위로 더벅더벅 걸어갈 제 은싸라기 같은 눈가루가 이리로 사르락 저리로 사르락 바람에 불려가는 것이 참으로 끼어 안을 듯이 깜찍하게 귀여웠나이다. 우리는 그 눈덮인 모래톱으로 두 손을 마주잡고 하나, 둘을 부르며 달음질을 하였나이다. 그리고 또다시 SP강에 다다랐을 때에는 보기에도 무서워 보이는 푸른 물결이 음녀(淫女)의 남치맛자락이 바람에 불리어 그의 구김살이 울멍줄멍 하는 것같이 움실움실 출렁출렁하고 있었습니다.

우리는 나룻배를 타고 그 강을 건너 주막거리에서 점심을 먹을 때에 R이 나에게 말하기를,

"술 한 잔 먹으려나?"

하기에 나는 하도 이상하여

"술!"

하고 아무 소리도 못하였습니다. 여태까지 술을 먹을 줄 모르는 R이 자진하여 술을 먹자는 것은 한 가지 이상한 일이었나이다.

KC를 무엇하러 가는지도 모르고 가는 저는 또한 R이 술 먹자는 것을 또다시 그 이유까지 물어 볼 필요가 없었나이다.

그는 처음으로 술을 먹었나이다.

우리는 또다시 걸어갔나이다. 마액(魔液)은 그 쓸쓸스러운 R을 무한히 흥분시켰나이다. 그는 팔을 내저으

며 목소리를 크게 하여 말하기를 시작하였나이다. 그는
나의 손을 힘 있게 쥐며,

"DH."

하고 부르더니 무슨 감격한 듯한 어조로,

"날더러 형님이라고 하게."

하고 조금 있다가 다시,

"나는 DH를 얼마간 이해하고 또한 어디까지 인정하
는데."

하였나이다.

아, 얼마나 고마운 소리일까요? 저는 손아래 동생은
있어도 손위의 형님을 가질 운명에서 나지를 못하였나
이다. 손목 잡고 뒷동산 수풀 사이나, 등에 업고 앞세
워 물가로 데리고 다녀 줄 사람이 없었나이다. 무릎에
얼굴을 비벼가며 어리광부려 말할 사람이 없었나이다.
다만 어린 마음 외로운 감정을 그렁저렁한 눈물 가운데
맛볼 뿐이었나이다.

그리고 할아버지나 할머니의 머리를 쓰다듬어 주시
는 부드러운 사랑을 맛보지 못하였나이다. 그리고 아버
지 어머니는·본래 젊으시니까……

그리고 어려서부터 오늘날까지 지낸 과거를 생각하

여 보면 웬일인지 한 귀퉁이 가슴속이 메인 듯해요.

그런데 〈형님〉이라 부르고 〈아우〉라고 부르라는 소리를 듣는 저는 그 얼마나 기꺼웠을까요? 그 얼마나 반가웠을까요. 그리고 나를 이해하고 나를 얼마간일지라도 인정하여 준다는 말을 들은 나는 얼마나 감사하였을까요?

그러나 그 감사하고 반갑고 기꺼운 말소리에 나는 얼핏 〈네〉 하지를 아니하였나이다.

그 〈네〉 하지 않은 것이 잘못일지 잘못 아닐는지 알 수 없으나 어찌하였든 저는 〈네〉소리를 하지 못하였습니다. 그러면 그것이 나를 이해하고 나를 인정하여 주는 그 R의 마음을 더 슬프게 하였을는지 더 무슨 만족을 주었을는지는 알 수 없으나 나는 거기에 이렇게 대답을 하였나이다.

"좋은 말이오, 우리 두 사람이 어떠한 공통 선상에 서서 서로 인정하고 서로 이해함을 서로 받고 주면 그만큼 더 행복스러운 일이 없지. 그러나 형이라 부르거나 아우라 부르지 않고라도 될 수 있는 일이 아닐까? 도리어 형이라 아우라는 형식을 만들 것이 없지 아니하냐?"고 말을 하였더니 그는 무엇을 깨달은 듯이,

"딴은 그것도 그렇지."

하고 나의 손을 더 힘 있게 쥐었나이다.

3

금빛 나는 종소리가 파랗게 갠 공중을 울리고 어디로 사라져 버리는지? 그렇지 아니하면 온 우주에 가득 찬 "에에테르"를 울리며 멀리멀리 자꾸자꾸 끝없이 가는지, 어떻든 그 예배당 종소리가 우두커니 장안을 내려다보는 인왕산 아래 붉은 벽돌집에서 날 때 저와 R은 C예배당으로 들어갔나이다.

그때에 누님도 거기에 앉아 계시었지요. 그리고 그 MP양도……

처음 보지 않는 MP양이지마는 보면 볼수록 그에게서 볼 수 있는 것이 자꾸자꾸 변하여 갔나이다. 지난번과 이번이 또 다르지요.

지난번 볼 때에는 적지 않은 불안을 가지고 그 여성을 보았습니다. 그리고 얼마간의 낙망을 가지고 보았을는지도 모르지요. 그러나 이번에 그를 볼 때에는 웬일인지 그에게서 보이지 않게 새어 나오는 무슨 매력이 나의 온 감정을 몽롱한 안개 속으로 헤매이는 듯이 누런 감정을 나에게 주더니 오늘에는 불그레하게 황금색이 나는 빛을 나에게 던져 주더이다. 그리고 그 황금색이 농후한 액체가 평평한 곳으로 퍼지는 듯이 점점 보이지 않게 변하여 동(銅)색의 붉은빛으로 변하고 나중에는 어여쁜 처녀의 분홍 저고리 빛으로 변하기까지 하였나이다.

그리고 그가 고개를 돌릴 듯 돌릴 듯 할 때 마다 나의 전신의 혈액은 타오르는 듯하고 천국의 햇발 같은 행복의 빛이 나의 온몸 위에 내리붓는 듯 하였나이다.

그리고 한 시간밖에 안 되는 예배 시간이 나의 마음을 공연히 못살게 굴었나이다.

어찌하였든 예배는 끝이 났지요. 그리고 나와 R은 바깥으로 나왔지요, 그때 누님은 나를 기다리었지요. 그리고 저와 누님은 무슨 이야기든가 그 이야기를 할 때 아아, 왜 MP양이 누님을 쫓아오다가 저를 보고 부끄러워 고개를 돌리고 저편으로 줄달음질쳐 달아났을까요? — 그렇지 않다는 그 MP양이 — 누님, 그 MP양이 고개를 돌리고 줄달음질을 하거나 부끄러워 얼굴빛이 타오르는 저녁 노을빛 같거나 그것이 나에게 무엇이 되겠습니까?

그러나 왜 나를 보고 그리하였을까요? 아마 다른 남성을 보고는 그리 안했을 터이지요? 그리고 그 줄달음질하여 저쪽으로 돌아가서는 그의 마음이 어떠하였을까요? 더욱 부끄럽지나 아니하였을까요?

그렇지 않으면 후회하는 마음이 나지나 아니하였을까요?

어떻든 그것이 나에게 준 MP의 첫째 인상이었나이다. 그리하고 환희와 번뇌의 분기점에 나를 세워 놓은 첫째 동기였나이다.

저는 언제든지 이 시간과 공간을 떠날 날이 있겠지요. 그러나 그 깊이 박힌 인생은 두렵건대 그 시간과 공간에 영원한 흔적을 남겨 줄는지요?

4

사랑하는 누님, 왜 나의 원고는 도적질하여 갖다가 그 MP양을 보게 하였어요? 그 MP양이 그 글을 보고 얼마나 웃었을까요?

누님의 도적질한 것은, 그것을 죄를 정할까요, 상을 주어야 할까요? 저는 꿇어 엎디어 절을 하겠습니다. 그리고 천국의 문을 열어 드릴 터입니다.

그런데 그 원고 OOO이라 한 곳에 서투른 필적을 자랑하려 한 것인지? 그렇지만 그런 것은 아니겠지. 그렇지요, 그렇지는 않지요?

그러나 나의 원고를 더럽힌 그에게는 무엇이라 말을 하여야 좋을까요?

그러나 그러나 그 필적은 나의 가슴에 무엇인지를 전하여 주는 듯 하였나이다. 사람의 입으로나 붓으로는 조금도 흉내낼 수 없는 그 무엇을 전하여 주더이다. 다만 취몽 중에 헤매는 젊은이의 가슴을 못살게 구는 그 무엇을?

5

고맙습니다. 누님은 그 MP양과는 또다시 더 어떻게 할 수 없는 형제와 같다 하였지요? 그리고 서로서로 형님 아우하고 지낸다지요. 저는 다만 감사할 뿐이외다. 그리고 영원한 무엇을 바랄 뿐이외다. 그러나 저에게는 그 누님과 MP사이를 얽어 놓은 형제라 하는 형식의 줄이 나를 공연히 못살게 구나이다. 그리고 모든 불안과 낙망 사이에서 헤매게 하나이다.

누님의 동생이면 나의 누이지요. 아니 나의 누님이

지요. 그 MP양은 나보다 한 살이 더하니까 — 그러면 나도 그 MP양을 누님 이라 불러야 할 것이지요.

아아, 그러나 그것이 될 일일까요. 누님이라 부르기가 어려운 일이 아니지마는 나의 입으로 그를 누님이라고 부른다 하면 그 부르는 그날로부터는 그의 전신에서 분홍빛 나는 무슨 타는 듯한 빛을 무슨 날카로운 칼로 잘라 버리는 듯이 사라져 버릴 터이지. 아니 사라져 없어지지는 않더라도 제가 이 눈을 감아야지요.

아아, 두려운 누님이란 말, 나는 이 두려운 소리를 입에 올리기도 두려워요.

6

오늘 저는 PC에 보낼 원고를 쓰고 있었습니다. 머리가 아프고 신흥(神興)이 나지기 않아서 펴 놓은 종이를 척척 접어 내던져 버리고 기지개를 한 번 켜고 대님을 한 번 갈아매고 모자를 집어쓰고 바깥으로 나갔습니다. 시계는 벌써 7시를 10분이나 지나고 있었나 이다.

저의 가는 곳은 말할 것도 없이 R의 집이지요. 그리고 내가 책을 볼 때에나 글씨를 쓸 때에나 길을 걷거나 천장을 바라보고 누워있을 때나 눈을 감고 명상할 때에나 나의 눈앞을 떠나지 않는 그 MP양을 오늘 R의 집에를 가면서도 또 보았습니다.

저는 언제든지 MP양을 생각합니다. 허무한 환영과 노래하며 춤추며 이야기하며 나중 에는 두렵건대 손을 잡고 이 세상의 모든 유열을 극도로 맛보았습니다. 그러나 그것이 한낱 공상인 것을 깨달을 때에는 저도 공연히 싫증이 나고 모든 것이 귀찮고 모든 것이 비관의 종자가 될 뿐이었나이다. 그리고 아아 과연 다만 일찰나 사이라도 그 MP의 머릿속에서 나의 환영을 찾아낸다 하면 그 얼마나 나의 행복일까 하였나이다. 그리고 그 MP는 나를 조금도 생각지 않는 것만 같아서 공연히 마음이 애달팠나이다.

그날 R은 집에 있지 않았습니다. 저의 마음은 눈물이 날듯이 공연히 "센티멘탈"로 변 하여졌나이다. 그래서 정처 없이 방황하기로 정하고 우선 L의 집으로 가 보았습니다.

제가 그 처녀와 같이 조금도 거짓 없음을 부러워하는 L은 나를 보더니 그 검은 얼굴에 반가와 죽을 듯한 웃음을 띠우고 손목을 잡아 자기 방으로 끌어들이더니 어저께도 왔었는데,

"왜 그 동안에 그렇게 오지를 않았나?"

하지요. 그래 나는 그 얼마나 고독히 지내는 그 L을 보고 이때껏 계속하여 왔던 감상이 가슴 한복판으로 모여드는 듯 하더니 공연히 눈물이 날 듯……하지요. 그래 억지로 그것을 참고 멀거니 앉아 있었더니 그 L은 또 날더러 독창을 하라지요. 다른 때 같으면 귀가 아프다고 야단을 쳐도 자꾸자꾸 할 저이지마는 오늘은 목구멍에서 무엇이 잡아당기는지 그 목소리가 조금도 나오지를 아니하였나이다. 그래 공연히 앙탈을 하고 일어나기를 싫어하는 그 L을 옷을 입혀 끌고 바깥으로 나갔습니다.

저녁 안개는 달빛을 가리고 붉은 전등불만이 어두움 속에 진주를 꿰뚫어 놓은 듯이 종로 큰 거리에 나란히 켜 있을 뿐이었나이다.

두 사람이 나오기는 나왔으나 어디로 갈 곳이 없었나이다. 주머니에 돈이 없으니 하루 저녁을 유쾌히 놀 수도 없고 또 갈 만한 친구의 집도 없고 마음만 점점 더 귀찮고 쓸쓸스러운 생각을 하였나이다.

우리 두 사람은 결국 때 없이 웃는 이의 집으로 가기로 하였나이다. 우리는 한 집에를 갔으나 우리를 기다리지 않는 그는 있지 않았나이다. 그래 하는 수 없이 설영(雪影)의 집으로 가기를 정하고 천변(川邊)으로 내려섰나이다. 골목 안의 전기불은 누구를 기다리는 것같이 빙그레 웃으며 켜 있었지요. 우리는 그 집에를 들어가 '설영이' 하고 불렀나이다. 안방에서 영리한 목소리로,

"누구요?"

하는 설영의 목소리가 났습니다. 우리 두 사람은,

"있고나."

하였습니다. 그리고 공연히 마음이 반가웠나이다. 그리고 설영이는 마루 끝까지 나와,

"아이그 어서 오세요, 왜 그렇게 한 번도 아니 오세요."

하지요.

아, 누님 그 소리가 진정이거나 거짓이거나 관성으로 인하여 우연히 나온 말이거나 아무것이거나 나는 그것을 생각하려고 하지는 않습니다. 나만 감상에 쫓기어 정처 없이 방황하려는 이 불쌍한 사람에게 향하여 그의 성대를 수고롭게 하여 발하여 주는 그의 환영의 말이 얼마나 나의 피곤한 심령을 위로 하여 주었을까요.

그는 날더러 〈오라버니〉라 하여 주기를 맹서하여 주었습니다. 그리고 영원히 오라버니가 되어 달라 하였습니다.

누님, 과연 내가 남에게 오라버니라는 존경을 받을 만한 자격의 소유자가 될 수 있을까요. 물론 그것도 나의 원치 않는 형식입니다. 그러나 나는 그 설영을 친누이동생같이 사랑하렵니다. 그리고 영원히 영원히 나의 누이동생을 만들려 하나이다. 그리고 다만 독신인 설영이도 진정한 오라비 같은 어떠한 남성의 남매 같은 애정을 원하겠지요. 그러나 그러나 무상인 세상에 그것을 과연 허락할 참 신(神)이 어느 곳에 계실는지요? 생각하면 안타까울 뿐이외다.

그날 L은 설영을 공연히 못살게 놀려먹었나이다. 물론 사념 없는 어린애 같은 유희지요.

그때 L은 설영을 잡으려고 달려들었습니다. 설영은 소리를 지르며 간지러운 웃음을 웃으면서 나의 앞으로 달려들며,

"오라버니! 오라버니!"

하고 그 L을 피하였나이다. 나는 그때 그 설영이 비록 희롱에서 나왔다 하더라도 L에게 쫓기어 나에게 구

호함을 청할 때에 아아, 과연 내가 이와 같은 여성의 구호를 청함을 받을 만한 자격의 소유자일까 하였나이다. 그리고 모든 여성은 다 나를 보려고 하지도 않는 생각을 하고 혼자 이 설영이가 나에게 구호함을 청 한다는 것은…… 그 설영을 끼어 안을 듯이 귀여운 생각이 났나이다. 그러나 나타났다 사라지는 환영의 그림자일까? 팔팔팔 날리는 봄날의 아지랑이일까? 영원이란 무엇일는지요……

7

날이 매우 따뜻하여졌습니다. 내일쯤 한 번 가서 뵈오려 하나이다. 하오에 기다려 주십시오. 그리고 W군은 어저께 동경으로 떠나갔다는 말을 들었습니다. 만나 보지 못한 것이 매우 섭섭하외다. 그리고 S군 Y군도 그리로 향하여 수일 후에 떠나간다는 말을 들었습니다. 아아, 저는 외로운 몸이 홀로이 서울에 남아 있게 되겠지요. 정다운 친구들은 모두 다 저 갈 곳으로 가 버리고……

8

왜 어저께 저는 누님에게 갔을까요? 간 것이 나에게
좋은 기회이었을까요? 그렇지 않으면 좋지 못한 기회이
었을까요.

어떻든 어저께 나는 처음으로 그 MP와 말을 하게
되었습니다. 그리고 가까이 서로 보 고 앉아 간질간질
한 시선으로 그를 보게 되었습니다. 그리고 나의 눈에
서 방산하는 시선의 몇 줄기 위로 나의 될 새 없이 뛰
는 영의 사자를 태워 보내었나이다.

그는 그때 그 예배당 앞에서 나를 보고 고개를 돌리
고 줄달음질하던 때와는 아주 달랐습니다. 그의 마음속
으로는 나의 전신의 귀퉁이로부터 귀퉁이까지 호의의
비평을 하였을는지 악의의 비평 — 그렇지는 않겠지요
— 을 하였을는지 어떻든 부단의 관찰로 비평을 하였겠
지요. 그러나 그의 눈과 안색은 아주 침착하였나이다.
그리고 그에게서 가장 아름다운 목소리는 아주 나의 마
음을 취하게 할 듯이 부드럽고 연하며 은빛이 났나이
다.

그리고 나의 글을 너무 칭상(稱賞)하는 것이 조금
나를 부끄럽게 하였으며 또는 선생님이라는 경어가 아

주 나를 괴롭게 하였나이다.

누님, 만일 그가 날더러 선생이라 그러지 않고 오라비라고 하였다면? 그 찰나의 나의 모든 것은 다 절망이 되어 버렸을 터이지요. 그 선생이라는 말을 듣기 싫어하는 제가 도리어 그 선생이라는 말을 듣는 것이 행복인 것을 깨달을 날이 있을 줄은 이제 처음으로 알게 되었나이다.

어떻든 저는 그 MP와 만날 기회를 얻었습니다. 그리고 서로 말소리를 바꾸게 되었습니다. 아마 이것이 저와 그 MP사이에 처음 바꾸는 말소리가 되었겠지요? 그리고 우주의 생명 중에 또다시 없는 그 어떠한 마디이었겠지요.

그러나 저는 불안을 깨닫습니다. 마음이 못 견딜 만큼 불안합니다. 다만 한 번 있는 그 기회의 순간이 좋은 순간이었을까요? 기쁜 순간이었을까요. 무한한 희망과 영원한 행복을 저에게 열어 주는 그 열쇠 소리가 한번 째깍 하는 그 순간이었을까요. 그렇지 아니하면 끝없는 의혹과 오뇌 속에서 만일의 요행만 한 줄기 믿음으로 몽롱한 가운데 살아 있다 그대로 사라져 없어졌다면 도리어 행복일걸 하는 회한의 탄식을 나에게 부어

줄 그 순간이었을까요?

어찌하였든 저는 한옆으로 요행을 꿈꾸며 한옆으로
부질없는 낙망에 에매 이나이다.

9

오늘은 아침 9시에 겨우 잠을 깨었나이다. 그것도 어
제 저녁에 공연히 돌아다니느라고 늦게 잔 덕택으로 아
침에 일어나지 못하는 행복을 얻었더니 그나마 행복이
되어 그리하였는지 R이 찾아와서 못살게 굴지요. 못살
게 구는 데 쪼들리어 겨우 잠을 깨어 세수를 하였나이
다.

이상한 일이었나이다. 제가 R의 집을 가기는 하여도
R이 저의 집에 찾아오는 일이 없는 그가 오늘 식전 아
침에 저를 찾아온 것은 참으로 뜻밖이고 이상합니다.

그는 매우 갑갑한 모양이었나이다. 그리고 요사이
며칠 동안 그의 얼굴은 그리 좋지 못하였으며 언제든지
무슨 실망의 빛이 있었나이다.

오늘도 그는 침묵 속에 있었나이다. 그리고 먼 산만
바라보고 있었나이다.

그는 어디로 산보를 가자하였나이다. 저는 아침도

먹지 않고 그와 함께 정처 없이 나섰나이다.

우리는 전차를 타고 H와 P의 집에를 가 보았으나 H는 아침 먹고 막 어딘지 가고 없다하고 P는 집에 일이 있어서 가지를 못하겠다 하지요. 그래 하는 수 없이 우리 단 두 사람이 또다시 HC를 향하여 떠났나이다.

천기는 청명, 가는 바람은 살살, 아주 좋은 봄날이었나이다. 우리는 전차에서 내렸나이다. 오포(午砲)가 탕 하였나이다.

멀리멀리 흐르는 HC강은 옛적과 같이 고요히 흐르고 있었나이다. 아무 소리도 없고 아무 향기도 없고 아무 웃는 것도 없고 다만 푸른 물속에 취색(翠色)의 산 그림자를 비추어 있어 다만 '아아 아름답다'하는 우리 두 사람의 못 견디어 나오는 탄성뿐이 고요한 침묵을 가늘게 울릴 뿐이었나이다. 우리는 언덕으로 내려가 한가히 매여 있는 주인 없는 배 위에 앉아 아무 소리 없이 물 위만 바라보았나이다. 푸른 물 위에는 때때 은사(銀絲)의 맴도는 듯한 파련(波漣)이 가늘게 떨 뿐이었나이다. 그리고 사르렁사르렁 은사의 풀렸다 감겼다 하는 소리가 들리는 듯 하였나이다.

우리는 한참이나 앉아 있었나이다.

우리는 문득 저쪽을 바라보았나이다. 그리고 나의 가슴은 공연히 덜렁덜렁하고 전신에·식은땀이 흐르는 듯 하였나이다. 저기 저쪽·에는 그 비단결 같은 물 위에 한가히 떠 있어 물속으로 녹아들 듯이 가만히 있는 그 '요트'위에는 참으로 뜻밖이었지요, 그 MP가 어떠한 다른 동무하고 나란히 앉아 있었나이다.

그러나 그 MP는 나를 보고도 모르는 체하는지 보지 못하고 모르는 체하는지 다만 저의 볼 것, 저의 들을 것만 보고 들을 뿐이었나이다.

저는 그 MP에게로 달려가고 싶었습니다. 아, 그러나 만일 그가 나를 보고도 못 본 체한다면? 불과 몇 십 간 되지 않는 거기에 있는 그가 어째 나를 보지 못하였을까? 못 보았을 리가 있나? 라고만 생각하는 저는 그에게로 가기가 두렵고 공연히 무엇인지 보이지 않는 무엇이 원망스러웠을 뿐이었나이다.

그런데 웬일일까요……MP를 나 혼자만 아는 줄 아는 저는 R의 기색에 놀라지 아니치 못하였나이다.

R은 나의 손을 잡아당기며,

"MP가 왔네."

하였습니다. 그 소리를 듣는 저는 R이 어떻게 MP

를 아는가 하였나이다. 그리고 무엇 인지 번개와 같이 저의 머리를 지나가는 것이 있더니 저는 그 R에게서 무슨 공포를 깨달은 것이 있었나이다.

R은 대담하게 MP에게로 갔습니다. 저도 그를 따라 갔습니다. R은 모자를 벗고 그에게 예를 하였나이다. 아아, 그러나 누님, 정성을 다하지 않고 몽롱한 의심과 적지 않은 불안으로 주는 저의 예에는 그의 입 가장자리로 불그레한 미소가 떠돌았으며 따뜻한 눈동자 의 금빛 광채이었나이다. 그리고,

"아이고 어떻게 이렇게 오셨어요?"

하는 그의 전신을 녹이는 듯한 독특한 어조가 저를 그 순간에 환희의 정화 속으로 스며들게 하였나이다.

우리 두 사람은 그를 작별하고 바로 시내로 들어왔나이다. 웬일인지 저의 마음은 한없이 기뻤나이다. 그리고 전신의 혈액은 더욱더 펄펄 끓기를 시작하였나이다. 그러나 R의 얼굴은 그 전보다 더 비애롭고 실망의 빛이 떠돌았나이다. 쓸쓸한 미소와 쓸쓸한 어조가 도는, 저의 동정의 마음을 일으킬 만큼 처참한 듯 하였나이다. 저는 R에게,

"어떻게 MP를 알던가?"

하였습니다. 그는 무슨 옛날의 환상을 보는 듯 한 표정으로,

"그전부터 알아."

하였나이다. 이 소리를 듣는 저는 그러면 이성 사이에 만나면 생기는 사랑의 가락이 그 MP와 이 R 사이에 매여지지나 아니하였나 하고 여태껏 기껍던 것이 점점 무슨 실망의 감상으로 변하여 버리었나이다. 그리고 차차 의혹 속에 방황하게 되었나이다.

그리하다가도 그 R의 실망하는 빛과 MP의 냉담한 답례가 저에게 눈물 날 만큼 R을 동정하는 생각을 나게 하면서도 또 한옆으로는 무슨 승자의 자랑을 마음 한 귀퉁이에서 만족히 여기었으며 불행한 R을 옆에 세우고 다행히 환희를 맛보았습니다.

그날 저는 R의 집에서 자기로 정하였나이다. 밤 11시가 지나도록 별로 서로 말을 한 일이 없는 R과 두 사람 사이에는 공연히 마음이 괴로운 간격을 깨닫게 되었나이다. 그리고 그의 푸른 비애와 회색 실망의 빛이 그의 얼굴로 가끔가끔 농후하게 지나갈 때마다 저는 공연히 불안하였나이다.

저는 R에게 그 기색이 좋지 못한 이유를 묻기를 두

려워하였나이다. 그리고 만일 그 비애의 빛과 실망의 빛이 그 MP로 인한 것이 아니고 다른 것으로 인한 것이라 하면 저는 그때 그 R의 그 비애와 실망과 똑같은 비애와 실망을 맛보았을 것이지요?

그러나 저는 형제와 같은 그 R의 비애와 실망을 그 MP로 인하여서라고 인정하지를 아니하면 저의 마음이 불안하셔 못 견딜 정도였습니다.

그날 저녁 R은 자리에 누워서도 한잠을 자지 못하는 모양이었나이다. 다만 눈만 멀뚱멀뚱하고 천장만 바라보고 있었나이다. 그리고 머리를 짚고 눈을 감고 무엇인지 명상 하듯이 가만히 있었을 뿐이었나이다. 그의 엷은 눈썹은 가늘게 떨리고 있었습니다.

저도 웬일인지 잠이 오지 않았습니다. 그래 머리맡 서가에 놓여 있는 〈On The Eve〉를 집어 들고 한참이나 보다가 잠이 깜빡 들었나이다.

10

저는 어리석은 사람이 되어 버리었나이다. 꿈을 믿고 길에서 장님을 만나면 두 다리에 풀이 다하도록 실망을 하게 되었나이다.

그리고 꽃의 화판을 "하나 둘" 하며 〈MP가 나를 사랑하느냐 사랑하지 않느냐?〉하며 차례차례 따 보게 되었습니다. 그리고 만일 〈사랑한다〉 하는 곳에서 맨 나중 꽃잎사귀가 떨어지면 성공한 것처럼 춤을 출 듯이 만족하였으며 그렇지 않고 〈사랑하지 않는다〉는 곳에 와서 그 맨 나중 꽃잎사귀가 떨어지면 공연히 낙망하는 생각이 나며 비로소 그 헛된 것을 조소합니다. 그러나 어느 틈에 또다시 그 꽃잎사귀를 따 보고 싶어 못 견디게 되나이다. 저는 요행을 바라는 동시에 말할 수 없는 미신 자가 되었습니다. 오늘은 제가 누님을 만나 뵈러 가지 않으려 하였으나 W군이 '피스'(piece)를 찾아 달라 하여서 누님에게로 갔습니다.

누님이 나오기를 기다리고 있는 동안에 나는 다만 침착하고 고요한 마음으로 정문 앞 '플랫폼'을 왔다 갔다 하였나이다.

그러다가 문 열리는 소리가 나더니 나오는 사람은 누님이 아니고 그 MP였습니다. MP는 나를 보더니 쌩긋 웃으며 고개를 숙여 예를 하여 주었나이다. 그리고 그곳에 서서 있었나이다. 그 뒤를 따라 나온 이가 누님이었지요.

저의 마음은 이상하게 기뻤나이다. 그리고 아주 무슨 희망을 얻은 듯 하였나이다. 길거리로 걸어 다니면서도 혹시나 MP를 만나 인사를 주고받을 만한 순간의 기회를 기대하는 저는 누님에게로 갈 때마다 그 MP를 만날 수가 있을까 하는 기대를 가지고 다니었나이다. 오늘도 그 기대를 조금일지라도 아니 가지고 간 것이 아니었건마는 그 MP가 있지 않을 줄 안 저는 아주 단념을 하고 갔었습니다. 그래 그 MP를 만난 것은 아주 의외이었지요.

누님 그 MP가 무엇하러 누님보다도 먼저 저를 보러 나왔을까요. 어린 아우를 만나려 는 누님의 마음이었을까요. 반가운 정인을 만나려는 애인의 마음이었을까요. 무엇이었을까요?

그는 저와 오랫동안 말을 하였나이다. 그리고 동청이 푸른 잔디 사이를 누님과 저 세 사람이 산보하였지요? 저희가 그 좁은 길로 지나올 때 저는 그 MP에게,

"R을 어떻게 아셨던가요?"

하고 물어 보았습니다. 그 MP는 조금 얼굴이 불그레한 중에도 미소를 띠우며,

"네, 그전에 한 두어 번 만나본 일이 있었어요."

하고 대답을 하였지요. 그 소리를 듣는 저는 곧,

"R은 참 좋은 사람 이야요."

하였지요. 그러니까 그 MP는 곧 다른 말로 옮기어 버렸나이다.

그렇게 한 10분쯤 되어 누님과 우리 두 사람은 무슨 조용히 할 말이나 있는 것처럼 주저주저하였나이다. 그러니까 그 MP는 곧 영리하게 그것을 알아차리고 안으로 들어가 버렸지요.

아아 그때 저의 마음은 아주 섭섭하였습니다. 우리가 우리의 필요한 이야기를 하지 못한다 하더라도 그 MP는 떠나기가 싫었나이다. 그러나 그의 검은 치맛자락의 그림자는 보이지 않게 사라져 버리었나이다. 그때 누님은 절더러 이야기를 하여 주었지요. 그 MU를 R이 사랑하려다가 그 MP가 배척을 하였다는 것을- 그리고 그 MP가 저의 그 누님이 도적하여 간 원고를 보고 도외(度外)의 찬상을 하더라는 것과 그러나 그가 한 가지 불만으로 생각하는 것은 신앙이 적더라는 것을. 저는 누님과 작별을 하고 문 밖으로 나오며 뛰어갈 듯이 걸음을 속히 하여 걸어가며,

"내가 행복한 자냐. 불행한 자냐?"

하고 혼자 소리를 질러 보았습니다. 그거다가는 그 신앙이 적다고 하는데 대하여는 적지 않은 불쾌와 또 한옆으로는 희미한 실망을 깨달았습니다.

그래 집에 돌아와 아랫목에 누워서 여러 가지로 그 MP와 저 사이를 무지갯빛 나는 아름답고 거룩한 것으로만 얽어 놓아 보다가도 그 신앙이란 말을 생각하고는 곧 의혹 속에 헤매었나이다. 그러다가는 그의 집에서 본 〈On The Eve〉를 읽던 것이 생각되며 그 여주인공 "에레나"의 일기가 생각났습니다.

그의 애인 "인사로프"와 그의 아버지가 그와 결혼시키려는 "크르나도오스키"를 비교하여 "인사로프"에게는 신앙이 있을지라도 "크르나도오스키"에게는 신앙이 없었다. 자기를 믿는 것만으로는 신앙이 있다고 말할 수 없으니까……누님, 저는 이 글을 볼 때 공연히 실망하였습니다. "에레나"는 신앙 있는 사람을 사랑하였습니다. 그리고 신앙 없는 사람을 사랑치 않았습니다. 그러면 MP도 언제든지 신앙 있는 사람을 사랑할 터이지요. 그러면 그 MP가 저에게 신앙이 없다고 한 말은 저를 동생이나 친우로 여길지는 알 수 없으나 애인으로 생각지는 못하겠다는 것이지요.

누님, 그러면 저는 실망할까요. 낙담할까요? 신앙이
란 무엇일까요. 물론 누구에게든지 신앙이 없는 사람이
없습니다. 누구는 예수를 믿고 석가를 믿고 우상을 믿
고 여러 가지를 믿습니다.

그리고 또 자기를 믿는 사람이 있기도 합니다. 그리
고 누님, 저도 무엇인지 신앙하는 것이 있겠지요? 신앙
이 없는 사람이 이 세상에서 생명을 가지고 살아 있다
는 것은 거짓말이니까— 누구든지 각각 자기가 신앙하
는 것이 있기 때문에 이 세상에 살아 있으니까 저도
또한 이 세상에 살아 있는 사람이라 어떠한 신앙이든지
가지고 있겠지요.

저 어떠한 종교를 어리석게 믿는 사람들은 각각 자
기의 신앙만이 참신앙으로 생각합니다. 그리고 남의 신
앙을 조소합니다. 그러나 한 번 더 크게 눈을 뜨고 고
개를 돌리어 사면을 둘러보는 자는 각각 이것과 저것을
대조할 수가 있을 것이지요. 그리고 각각 장처와 결점
을 찾아 낼 수가 있을 것이지요. 이불을 뒤집어쓰고는
물론 그 이불 속뿐이 세상인 줄 알 터이지요. 그리고
그 속에만 참진리가 있는 줄 알 터이지요. 그러하나 그
이불 속만이 세상이 아니고 그 속에만 진리가 있는 것

이 아닌 줄 아나 그 이불을 벗어 버린 자는 그 이불 쓴 사람을 불쌍히 여기었을 터이지요. 그러면 이 세상에는 그 이불을 벗은 사람이 여럿이 있었습니다. 그리하여 그 이불을 뒤집어쓴 사람들을 아주 불쌍히 여기었습니다.

그러면 저도 그 이불을 벗은 사람의 하나가 되려 합니다. 다만 어떠한 이름 아래서든지 그 온 우주에 가득 차서 영원부터 영원까지 변치 않는 진리를 믿는 사람이 되려 하나이다. 그리하여 다만 그것을 구할 뿐이요, 그것을 체험하려 할 뿐이외다.

물론 사람은 약한 것이지요. 심신이 다 강하지는 못하지요. 제가 어떠한 때 본의 아닌 일을 할 때가 있다 하더라도 그것은 다만 약한 까닭이겠지요. 그리고 그것을 깨닫는 때 는 그것을 고치겠지요. 그리고 누님 한 가지 끊어 말하여 둘 것은 〈Quo Vadis〉에 있는 "비니큐스"와 같이 "리기아"의 신앙과 같은 신앙으로 인하여서 저도 그 "비니큐스"는 되지 않겠지요.

아아 그러나 누님, 제가 어찌하여 이와 같은 말을 쓸까요? 사랑보다 더 큰 신앙이 이 세상에 또 어디 있을까요. 자기의 생명까지 희생하는 것은 사랑이 있을 뿐이지요. 사람 이 사랑으로 나고 사랑으로 죽고 사랑으로 살기만 하면 그 사람의 생은 참생이 되겠지요. 그러나 저희는 사랑을 생각할 때마다 마음이 두근거립니다. 처음은 이성에게 사랑을 구하는 자가 누가 주저하지 않은 자가 있고 누가 가슴이 떨리지 않는 자가 있을까요? 그러면 사랑이란 죄악일까요? 죄지은 자와 똑같은 떨림과 불안을 깨닫는 것은 어찌함일까요?

그렇습니다. 우리 인생에게는 두 가지 큰 문제가 있습니다. 그것은 열정과 이지입니다. 이 세상의 역사는 이 두 가지의 싸움입니다. 그리고 모든 불행의 근원은 이 열정과 이지가 서로 용납하지 않는 곳에 있는 것입니다.

그리운 이성을 보고 자기 마음을 피력치 못하고 혼자 의심하고 오뇌하는 것도 이 이지로 인함이지요? 저는 어떻게 하면 이 이지를 몰각한 열정만의 인물이 되려 하나, 그 이지를 몰각한 열정의 인물이 되겠다는 것까지도 이지의 사주지요. 저도 또한 그렇게 되려 하나이다.

오늘 저는 또다시 R의 집에를 갔었나이다. 그 R은 있지 않았습니다. 그러나 얼마 있지 않으면 곧 들어오리라는 그 집 사람의 말을 듣고 저는 그의 방에서 기다리게 되었나이다. 그러나 R이 저와 형제같이 친하지가 않으면 그와 같이 주인 없는 방안에 들어가 앉아 있지를 못하였을 터이지요. 그래 그와 친하다 하는 무엇이 저를 그의 방으로 들어가게 하였습니다.

저는 그의 방에 들어가 그의 책상 앞에 앉았나이다. 그때 문득 저의 눈에 보이는 것은 그가 써서 놓은 편지였나이다. 그리고 그 편지 피봉에는 MP라 씌어 있었습니다. 저의 마음은 공연히 시기하는 마음이 나며 또한 그 편지를 기어이 보고 싶은 생각이 났었습니다. 마침 다행한 것은 그 편지를 봉하지 않은 것이었나이다.

저는 그것을 보았습니다.

그 속에는 이러한 말이 쓰여 있었습니다.

……DH는 미숙한 문사이오. 그리고 일개 "부르주아"에 지나지 못하는 사람이오……

라고.

아아 누님, 저는 손이 떨리었나이다. 그리고 그 편지를 다시 그 자리에 놓고 그대로 바깥으로 뛰어나왔습니다. 그리고 길거리로 걸어오며 눈물이 날 만큼 모든 것이 원망스럽고 또 한옆으로는 분한 생각이 나서 못 견디었나이다.

그리고 사랑하는 R이 그와 같은 말을 써 보낼 줄 참으로 알지 못하였나이다. 누님 그렇지요. 저는 글 쓰는 데 미숙하겠지요. 저는 거기에 조금이라도 이의를 말하려 하지 않나 이다. 그러나 그 말을 무엇하러 MP에게 한 것일까요.

아아 누님, 저는 일개 참사람이 되려 할 뿐이외다.

저는 문학가, 문사라는 칭호를 원치 않아요. 다만 참사람이 되기 위하여 글을 봅니다. 그리고 느끼는 바를 견딜 수 없었습니다. 그리고 나와 같은 느낌과 깨달음이 우리 인생을 위하여 조금이라도 보탬이 될까 하였습니다.

그러나 저 일개인의 성공은 얻기가 어려울 터이지요. 제가 느끼고 깨닫는 것은 길고 긴 우주의 생명과 함께 많고 많은 사람들이 깨닫는 것에 다만 몇천만 억분의 1이 될락말락 할 터이지요. 그리고 그 저의 생명이 그치는 날에는 그것보다 조금 더하여질 뿐이지요. 그리고 그것보다 더 큰 무엇을 원할지라도 유한한 저의 육체와 정신은 그것을 용서치 않을 터이지요.

그러면 제가 "부르주아"나 "프롤레타리아"나 무엇

어떠한 부름을 듣던지 언제든지 참사람이 되려 할 뿐이외다.

아마 이 세상의 모든 진리를 혼자 깨달은 줄 아는 사람일지라도 이 참사람이 되려는 데서 더 벗어나지는 못하였을 터이지요.

그러나 저는 오늘부터 친애하는 친우 하나를 잃어버리게 되었나이다. 아무리 아무리 제가 너그러운 마음으로써 그전과 같이 R을 대하려 하나 그는 나를 모함한 자이지요. 어찌 그전과 같은 정의(情誼)를 계속할 수가 있을까요.

그러나 저의 마음은 괴롭습니다. 그리고 그 KC를 가면서 저에게 형제와 같이 지내자 던 것을 생각하고 또는 그동안 지내 오던 정분을 생각하고 그것이 다만 한순간에 깨어지는 것을 생각할 때 저의 마음은 아주 안타까웠나이다. 그러다가도 그 R의 손을 잡고 기꺼워하고 싶었습니다.

11

집에서 나을 때 동생 L이 울며 쫓아 나오면서,

"형님 형님 나하고 가."

하며 부르짖었나이다. 그리고 두 팔을 벌리고 저를 바라보고 있었습니다. 그러나 발이 떨어지지 않지만 하는 수 없이 어머니에게 L은 맡기고 또다시 R을 찾아갔나이다.

어제 저녁 늦도록 잠을 자지 못한 저는 오늘 또다시 새벽에 일찍 일어났으므로 몸이 조금 피곤하였나이다.

저는 R의 집으로 가면서 몇 번이나 가지 않으리라 하여 보았습니다. 날마다 가는 R의 집에를 1주일이나 가지 않은 저는 오늘도 또 가 볼 마음이 그리 많지는 않았습니다. R을 생각하면 할수록 분하고 답답한 저는 언제든지 그 마음을 누르려 하였으나 그리 속마음이 편치는 못하였습니다.

제가 R의 집에 들어갈 때에는 아주 마음이 유쾌치 못하였습니다. R은 저를 보고 힘없이 저의 손을 잡고 인사를 하여 주었습니다. 그리고,

"어서 오게."

하는 소리가 아주 반갑지 못하였습니다. 저는 그 R을 보기 전에는 반갑게 인사를 하리 라 한 것이 지금 그를 만나보니까 공연히 그와 함께 있는 것이 싫은 생각이 나서 그대로 바깥으로 나오고 싶었습니다.

저는 그대로 서서,

"여러 날 만나지 못하여서 조금 보고나갈까 하고……"

하며 그를 쳐다보았습니다. 그는 다만 고개를 끄덕하며,

"응……"

할 뿐이었나이다. 저는 갑자기 뛰어나오고 싶었습니다. 그래,

"내일 또 봅시다."

하고 그대로 뛰어나왔습니다. 그 R은 아무 말도 없이 자기 방으로 들어가 버렸습니다.

아아, 누님, 우리 두 사람 사이는 어째 이리 멀어졌을까요? 무슨 간격이 생겼을까요? 그리고 무슨 줄이 끊어졌을까요. 저는 그것을 알 수가 없습니다.

제가 종로를 걸어올 때였습니다. 저쪽에서 뜻밖에 그 MP가 걸어왔습니다. 그때 저는 그 MP와 만나 인사를 하리라 하였습니다. 그러나 그 MP는 어떠한 양복 입은 이와 함께 저를 못 보았는지 저의 곁으로 그대로 지나가 버렸나이다. 저는 다만 지나가는 그만 바라보고 있다가 손을 단단히 쥐고, '에 고만 두어라' 하였습니

다.

저는 말할 수 없는 번뇌 가운데 '에, 설영에게나 가
리라' 하였나이다. 그리고 천변으로 그의 집을 찾아갔
습니다. 그때 저의 마음 에도 '설영이가 있지 않으리라'
는 생각은 없이 으레 만나려니 하였나이다. 그러나 설
영을 부르는 저의 목소리에 그 영리하고 귀여운 우리
누이동생의 목소리는 나지 않고 그의 어머니가

"없소"

하고 냉대하듯 보통 손님과 같이 대답을 하였습니다.
그 소리를 듣는 저는 공연히 섭섭한 생각이 나며 또는
설영이가 저를 한낱 지나가는 손처럼 생각하는 듯하고
또한 어떠한 정인이나 찾아가지 않았나 할 때 오라비
노릇을 하려는 저도 공연히 질투스러운 마음이 나며,
'다 그만두어라'하는 생각이 나고 공연히 감상(感傷)의
마음이 났습니다.

저는 그대로 집으로 갔습니다. 집 문간에 서 놀던 L
은 반기어 맞으면서 두 팔을 벌리고 저에게 턱 안기며
몸을 비비 꼬고 그의 가는 손으로 간지럽고 차디차게
저의 뺨을 문질러 주었나이다. 그때 저는 모든 감상의
감정은 가슴 한복판으로 모아드는 듯하더니 눈물이 날

듯 하였나이다. 그때 그 L은,

"형님, 임마!"

하였나이다. 그래 저는 그에게 입을 맞추려 하니까 그는 무엇이 만족치 못한지,

"아니 아니 귀 붙잡고."

하며 그의 손으로 저의 두 귀를 붙잡고 입을 맞추어 주려다가 또다시,

"형님도 내 귀 붙잡아."

하였나이다. 저는 그 L의 귀를 붙잡고 입을 맞추었나이다. 그러나 그때 L은 저를 쳐다보며,

"형님 우네."

하였나이다. 아아 누님, 저의 눈에는 눈물이 나왔습니다. 그리고 그 L을 껴안고 울고 싶었습니다.